RENCONTRE DE CHOC

BIOGRAPHIE

Patrick Bruno est l'auteur, sous divers pseudonymes, d'une soixantaine d'ouvrages pour la jeunesse, dans des genres différents : aventure, fantastique, historique.
Passionné de sport, il rend hommage, dans cette collection, au football et aux jeunes champions qui ont marqué et marqueront son histoire.

L'éditeur remercie l'Amicale Sportive Yerroise et le club de Cesson pour leur collaboration.

COUVERTURE : Jeffroy/Flash Press © D.P.P.I.
FLIP BOOK : Robin

18, rue Barbès, 92128 Montrouge Cedex
ISBN : 978-2-7470-2528-7
Dépôt légal : mars 2008
Loi n°49 956 du 16 juillet 1949 sur les publications destinées à la jeunesse

FOOOT!

RENCONTRE DE CHOC

PATRICK BRUNO

DEUXIÈME ÉDITION

bayard jeunesse

L'ÉQUIP

L'ENTRAÎNEUR :

Luc Giovanelli
42 ans, ancien joueur de Saint-Étienne et de Leeds.

Hervé Chazal
assistant

DE MIRAVAL

LES REMPLAÇANTS :

Roger Müller
Gardien

Maurice Lebrun
Défenseur

Yann Leon
Édouard Parisi
Milieux

Gregory Chailleux
Clément McKenzie (l'Écossais)
Attaquants

L'ÉQUIP

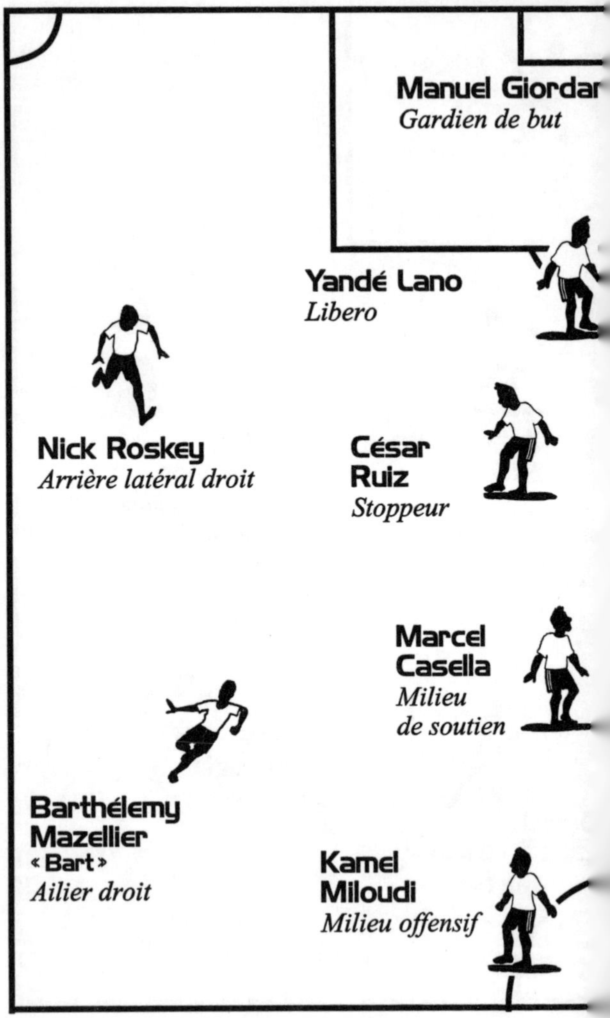
Manuel Giordan
Gardien de but
Yandé Lano
Libero
Nick Roskey
Arrière latéral droit
César
Ruiz
Stoppeur
Marcel
Casella
Milieu
de soutien
Barthélemy
Mazellier
« Bart »
Ailier droit
Kamel
Miloudi
Milieu offensif

D'ARCADIER

LES REMPLAÇANTS :

Lou Fabrizzi
Gardien

Mohamed Benabas
Défenseur

Rudy Mercatori
Milieu

Olivier Desmond
Willy Amar
Attaquants

MIRAVAL 0:1

Le sol défoncé imprima au ballon un rebond capricieux. Surpris, Bart, Barthélemy Mazellier, l'ailier droit de l'équipe d'Arcadier, manqua la réception et heurta brutalement Nick Roskey, l'arrière droit. Les deux joueurs restèrent à terre. Bart se tenait la tête ; Nick avait les lèvres en sang.

L'arbitre fit signe aux deux équipes de continuer à jouer. Philippe Moreau sourit avec indulgence :

– Il faut bien qu'ils se libèrent de leur violence.

– Je vois, murmura Gio.

Luc Giovanelli, entraîneur de Miraval, l'une des équipes de cadets les plus titrées d'Europe, examina le décor d'un œil critique : le stade aux allures de terrain vague, les buts branlants et les filets troués. Au-delà, le parc, planté de beaux arbres, était entouré de la haute clôture typique des établissements d'éducation fermés.

Philippe Moreau, le directeur du centre d'Arcadier, avait persuadé Gio de venir assister au match de ses pensionnaires. « Vous verrez, avait-il dit, certains d'entre eux sont doués, ils vous intéresseront. » L'entraîneur avait accepté par amitié. À présent, il le regrettait, devinant sans peine où Moreau voulait en venir : il comptait former une équipe et cherchait un coach.

Gio poussa un soupir d'exaspération : « Entraîner une bande de voyous qui passe son temps à faucher ses adversaires, sous l'œil complaisant d'un arbitre ignorant des règles les plus élémentaires du football, non merci, sans façons ! »

Il cherchait un prétexte pour fuir ce jeu de massacre lorsque son attention fut attirée par un milieu de terrain. Celui-ci venait de mystifier trois défenseurs avec une vivacité stupéfiante.

– C'est Kamel Miloudi, dit Moreau.

Gio hocha la tête :

– Jolis dribbles !

Kamel était en position de tir lorsque le libero adverse le retint par le maillot. L'arbitre siffla.

– Coup franc !

Le coupable contesta, devint grossier et finit par dégager le ballon hors du terrain d'un coup de pied rageur. Ses adversaires le bousculèrent. Des coups partirent. La mêlée devint générale malgré les gesticulations de l'arbitre.

Kamel profita du désordre pour placer le ballon et tirer au but. Le gardien réagit trop tard. La balle finit dans les filets. Aussitôt, l'arbitre siffla et indiqua le rond central : 1 à 0.

– Un peu brouillon, grommela Moreau.

Gio réprima un sourire :

– Ils jouent à quoi, au juste ?

Moreau saisit l'occasion :

– Il leur faudrait un véritable entraîneur.

« Nous y voilà ! » pensa Gio. Il fit semblant de ne pas avoir entendu et se concentra sur la partie. Parmi les durs, qui multipliaient les irrégularités et essayaient de régler leurs comptes, l'avant-centre d'une des deux équipes se distinguait par son calme. Grâce à une magnifique feinte de corps, il se défit du libero et tira au but. Le gardien mit la balle en corner.

Gio se pencha vers Moreau :

– Ce joueur…

– Le gardien ? Manuel, Manuel Giordano.

– Pas lui, l'attaquant.

– David Kepel. Un garçon attachant.

– Pourquoi est-il là ?

– Vol de voiture. Récidiviste.

Moreau se mit à raconter les circonstances tragi-comiques de sa dernière arrestation. Gio souriait par politesse, mais il ne l'écoutait plus. Le tandem Kamel-David retenait son attention. Malgré quelques erreurs dues à leur inexpérience, les deux joueurs arrivaient à réaliser de belles actions. Leurs exploits étaient d'autant plus remarquables qu'ils se déroulaient dans une atmosphère d'anarchie scandaleuse, les autres joueurs faisant tout et n'importe quoi au mépris de l'arbitre.

Nick, le défenseur blessé, s'essuya les lèvres avant de botter de toutes ses forces. Le ballon dépassa la ligne médiane. Kamel réussit un amorti et ouvrit sur David. L'avant-centre partit en longues foulées, distançant les défenseurs. À quinze mètres des buts, il crocheta le libero. Le gardien fonça pour dégager au pied ; il shoota dans le vide. David avait dévié le ballon. Il le rattrapa et le poussa dans les filets avec une fausse aisance.

– Efficace ! apprécia Gio.

Le style du joueur rappelait singulièrement celui d'un buteur qu'il avait entraîné quelques années auparavant.

En face, les joueurs protestaient, réclamant un hors-jeu. Ils repoussaient l'arbitre, posaient le ballon à l'emplacement d'un coup franc imaginaire. Le désordre régnait de nouveau. Moreau secoua la tête d'un air désabusé :

– Trop d'énergie !

« Trop de négligence ! » songea Gio. Trois surveillants envahirent le terrain pour épauler l'arbitre, dépassé par les événements. Insultés, ils expulsèrent plusieurs joueurs. Les brutalités cessèrent, pas les insultes.

L'arbitre alla chercher le ballon et le posa dans le rond central. Il fallut attendre plusieurs minutes pour voir les deux équipes de nouveau en position. Après l'engagement, le match devint plus correct. L'équipe menée 2 à 0 fit le pressing pour réduire le score. Ses deux ailiers, rapides, mettaient souvent les défenseurs en difficulté. Cependant, leurs passes, hâtives et imprécises, réduisaient leurs efforts à néant. Gio se piquait au jeu :

– Prends ton temps ! murmura-t-il.

Après avoir débordé son vis-à-vis, l'ailier avait tiré au but au lieu de centrer.

– Maintenant !

Un nouvel essai, maladroit, passa hors de portée de l'avant-centre pourtant en bonne position. Celui-ci insulta son coéquipier.

Jérémy, l'ailier gauche, fonça avec rage pour récupérer la balle perdue. Ses adversaires s'amusaient à le faire courir en multipliant les passes en retrait et les fausses ouvertures. Il réussit enfin à intercepter une balle et relança l'attaque.

– Belle persévérance ! apprécia Gio.

L’ailier, trop personnel, se heurta aux défenseurs et perdit une nouvelle fois le ballon. Celui-ci atterrit au centre, passa de l’un à l’autre avant de sortir en touche. Remis en jeu, il flotta un long moment entre six joueurs, objet d’un cafouillage ponctué de coups de pied désordonnés et de poussées irrégulières. L’arbitre portait le sifflet à ses lèvres lorsque la balle sortit du piège, on ne sait comment, et fusa vers les buts. Jérémy s’en saisit. Il effaça un premier adversaire, évita le libero, se prépara à tirer lorsque Nick, un poids lourd, le cisailla méchamment par-derrière. L’ailier se tordit de douleur.

– Penalty ! ordonna l’arbitre.

La décision déchaîna les passions. Certains shootaient dans le ballon dès que l’ailier le plaçait aux onze mètres. D’autres chahutaient le tireur. Jérémy fulminait. L’arbitre menaçait les contestataires. Il lui fallut de longues minutes avant de rétablir l’ordre. Les joueurs reculèrent enfin à distance réglementaire. L’ailier prit de l’élan et frappa.

– Trop mou, dit Gio.

Le ballon, bien placé, roulait vers les buts lorsque le gardien plongea et le détourna. Il heurta le montant avant de revenir en jeu. Jérémy tira de nouveau. Le gardien, couché sur le sol, para avec adresse.

– Bien ! nota Gio, satisfait.

Moreau, qui guettait les réactions de l'entraîneur, lui désigna l'auteur de l'exploit :

– C'est Manuel Giordano.

– Vous me l'avez déjà dit.

– Une tête brûlée, commenta le directeur. Rien à tirer de lui hors du stade. Il ne vit que pour le foot.

Gio sourit :

– J'en connais d'autres.

Moreau eut une moue sceptique :

– Comme lui, ça m'étonnerait : c'est un incendiaire, un vrai ! Il a mis le feu à son école et à la ferme de sa famille d'accueil. Par chance, il n'y a pas eu de victimes. C'est sa manière d'exprimer sa révolte.

– Le foot en est une autre, sans doute ? dit Gio.

Il avait posé la question en matière de plaisanterie, mais Moreau la prit au sérieux :

– Sans doute.

L'entraîneur reporta son attention sur le terrain. Rien ne distinguait les vingt-deux adolescents qui évoluaient sous ses yeux des joueurs de Miraval, son club, en dehors de leur manque de rigueur et de la brutalité de certains. Trois ou quatre auraient pu figurer sans rougir au sein de son équipe sous réserve de se plier à la discipline stricte qu'il imposait à ses cadets.

Kamel, en particulier, faisait preuve d'un sens du jeu surprenant et d'une technique innée. Il se jouait des irrégularités du sol, caressait la balle, franchissait la défense et trouvait un partenaire démarqué avec une souplesse et une rapidité qui le mettaient à l'abri des attaques brutales de ses adversaires.

– Joli, très joli geste !

Gio aurait voulu rester impassible, mais sa passion du jeu l'emportait.

Kamel avait fait semblant de crocheter à droite et laissé courir le ballon à gauche. Après avoir mystifié son vis-à-vis, il récupéra le ballon, dribbla un deuxième défenseur. Face au libero, il esquissa un débordement et, de l'extérieur du pied, le glissa à David qui frappa sans hésiter. Le ballon, trop enlevé, passa au-dessus de la transversale. L'avant-centre fit un geste d'excuse. Kamel esquissa un sourire.

– Il y a longtemps qu'ils jouent ensemble, ces deux-là ? demanda Gio.

Moreau haussa les épaules :

– Quelques mois.

Le gardien plaça la balle à l'angle des six mètres et dégagea de toutes ses forces. Un attaquant sauta pour reprendre de la tête. Un défenseur le heurta en pleine course, genoux en avant. La victime resta à terre. Aussitôt, ses coéquipiers se jetèrent sur l'auteur de l'agression. Assailli de coups de pied, le défenseur tomba à son tour. L'arbitre essaya de s'interposer. Il fut molesté.

– Inadmissible ! fulmina Moreau.

Il entra sur le terrain en compagnie des surveillants. La bagarre cessa immédiatement, mais l'atmosphère restait chargée d'orage. Les insultes volaient d'un camp à l'autre. Sur un geste du directeur, l'arbitre siffla la fin du match au grand dépit des vaincus.

Les joueurs, solidement encadrés, regagnèrent les bâtiments du centre. Gio consulta sa montre : « Deux heures de perdues ! »

MIRAVAL 0:2

– Qu'en pensez-vous ?

Moreau s'assit dans un fauteuil et désigna l'autre à Gio. Le décor de la pièce était spartiate : murs badigeonnés de chaux, carrelages usés, sièges de rotin. Seules les photos épinglées à un tableau de liège apportaient une note de gaieté à la pièce nue. Elles rappelaient le temps lointain où Philippe Moreau avait été un athlète de haut niveau.

– Que pensez-vous de mes joueurs ? reprit Moreau avec impatience.

– De vos boxeurs ? Écoutez, je n'ai pas le temps d'en discuter aujourd'hui. Prenons rendez-vous la semaine prochaine, si vous voulez bien.

– Quelques mots seulement, insista Moreau.

– Que voulez-vous que je vous dise? J'ai noté, parmi eux, de bons éléments, mais des garçons aussi doués, j'en rencontre souvent. Ils ne deviennent pas pour autant de vrais footballeurs.

– Je ne cherche pas à créer une équipe professionnelle, rétorqua le directeur. Je souhaite seulement encourager la passion de ces adolescents pour leur éviter de céder à d'autres tentations : la violence, la transgression, la délinquance…

Gio s'assit au bord du fauteuil en soupirant.

– J'entends bien. Mais avant de leur permettre de s'épanouir sur un terrain, il convient de leur enseigner des règles élémentaires d'obéissance. Sans quoi, ils commettront durant les matchs ce qu'ils font dans la vie. Le foot n'est pas le moyen de libérer un excès de violence, mais une école de rigueur.

Moreau approuva avec chaleur :

– Je suis tout à fait de votre avis. C'est pourquoi il leur faut un entraîneur. Un homme qui leur inspire de l'admiration et du respect. J'ai pensé à vous.

Gio éclata d'un rire forcé :

– C'est flatteur, mais je ne crois pas être l'homme de la situation. Désolé !

– Ils savent qui vous êtes : une star, héros de la coupe d'Europe…

– Une vieille star, grommela l'entraîneur. Ils ont besoin d'un homme jeune, enthousiaste, bourré d'énergie.

– C'est vous ! insista le directeur.

– C'était moi.

Moreau sourit, incrédule :

– On connaît l'influence que vous exercez sur vos joueurs : ils vous obéissent et vous vénèrent.

– Et puis je manque de temps, dit Gio avec irritation. J'ai déjà eu du mal à en trouver pour vous rendre visite aujourd'hui. Mon métier m'absorbe de plus en plus, sans parler de mon équipe et de mes activités au sein du club…

Il regarda sa montre :

– J'avais rendez-vous à Salon. Il est trop tard, à présent. Permettez ?

Il prit son mobile, se leva et s'éloigna par discrétion.

– Sylvie ? Annulez ma visite chez M. Desmarais. J'ai un empêchement… Rien de grave, non. Dites-lui que je lui téléphonerai pour fixer un autre rendez-vous… Merci, non, pas ce soir.

Il revint s'asseoir face à Moreau avec un soupir de lassitude :

– J'ai de l'amitié pour vous, Philippe. Alors je vais vous donner un conseil : former vos pensionnaires exigera du temps. Choisissez un homme disponible, Bernard Serre ou Fabrice Corelli, par exemple. Le premier a joué à Miraval il y a une dizaine d'années avant de pratiquer le rugby. C'est un homme solide et sérieux. Le second sort du bataillon de Joinville. Un sportif complet. Bon footballeur. J'ai failli faire de lui mon assistant. Il mérite mieux. Je pense que le poste de directeur sportif d'Arcadier lui conviendrait.

Il nota les numéros de téléphone des deux candidats sur une carte. Moreau la prit avec une moue réprobatrice :

– Je ne manque pas de jeunes sportifs dans mon équipe.

Gio secoua la tête :

– À en juger par l'arbitrage, leurs notions de foot sont plutôt approximatives.

– Tenir ces gaillards n'est pas une mince affaire !

– Raison de plus pour leur imposer des règles strictes, des règles sportives.

– Ces règles, j'espérais que vous pourriez les leur inculquer vous-même en acceptant de m'aider provisoirement en souvenir de notre vieille amitié.

Gio allait réitérer son refus, mais il se tut. Philippe Moreau l'avait aidé autrefois à une période dramatique de son existence. Il avait une dette envers lui, et Moreau lui offrait une occasion de s'en acquitter.

– Il faut que je réfléchisse.

– Bien sûr, s'empressa d'ajouter Moreau. Ce que je vous demande est difficile, je ne l'ignore pas.

L'entraîneur se frotta les yeux. Il dormait peu et travaillait de plus en plus. Ce centre n'était pas le lieu idéal pour goûter au repos dont il rêvait.

– Et votre équipe ? demanda Moreau avec sympathie.

Gio dévisagea son ami d'un air préoccupé, cherchant désespérément à résoudre son problème.

– La saison débute tout juste. J'ai des éléments de valeur, beaucoup de nouveaux, pleins de bonne volonté. Ils n'ont pas l'habitude de jouer ensemble. Là aussi tout reste à faire !

– J'imagine que c'est chaque année la même chanson.

– Plus ou moins.

Jeune, Moreau avait fait du tennis, du ski et de la natation. Il avait brillé dans toutes ces disciplines, mais il n'avait jamais pratiqué de sport d'équipe.

– J'ai assisté à la finale du championnat de France, à Paris, dit-il.

– Je ne vous ai pas vu !

– Vous étiez trop occupé à savourer votre victoire.

– Un souvenir agréable, admit Gio, soudain plus détendu.

– C’était votre quatrième finale, non ?

– La cinquième.

Moreau sourit d’un air malicieux :

– J’ai donc bien choisi notre entraîneur.

Gio se renfrogna :

– Je ne vous ai pas donné de réponse.

– Je plaisantais !

« Pas tant que ça ! » songea Gio, qui se sentait pris au piège. Il ajouta :

– Il faut m’excuser : je suis très en retard.

Comme il se levait, le téléphone de Moreau sonna.

– Je connais le chemin, lança Gio en lui serrant la main.

Il sortit du bureau et traversa un hall dallé de faux marbre. Le bâtiment principal, une ancienne demeure abandonnée et sommairement restaurée, baignait dans une tristesse glacée. On entendait des cris. À l’étage, un martèlement de pas faisait vibrer les planchers. La porte d’entrée était lourde. Dehors, l’allée de platanes centenaires ne manquait pas de noblesse, mais la mélancolie subsistait. Gio pressa le pas pour gagner le parking. Comme il s’en approchait, un adolescent surgit d’un bosquet et se porta à sa rencontre. Vêtu d’un survêtement trop ample, il traînait les pieds, projetant devant lui des giclées de feuilles mortes. Gio reconnut Kamel Miloudi, le milieu de terrain dont il avait apprécié la technique.

– Comme ça, tu aimes le foot ? lui demanda-t-il.

L'adolescent leva la tête et plissa les yeux :

– C'est vrai que vous allez nous entraîner ?

– Qui t'a dit ça ?

– Tout le monde.

– Si je comprends bien, je suis le seul à ne pas être au courant ? ironisa Gio.

– Et c'est vrai que vous avez été un champion ?

– Tu n'étais pas né.

– Mon père non plus !

« Malin, rétif, insolent », songea l'entraîneur. L'air sournois du gamin dissipait la bonne impression qu'il lui avait faite sur le terrain.

– Alors, vous allez nous entraîner, oui ou non ?

Gio s'arrêta et le jaugea d'un air sévère :

– Pourquoi ? Tu as envie de souffrir ?

– Maman, j'ai peur ! ricana Kamel.

– Ce n'est pas une question de peur, mais de ténacité. Le courage d'aller jusqu'à la limite de ses forces, de se dépasser, comme on dit, de ne jamais s'avouer vaincu, et surtout, d'apprendre à se maîtriser pour mieux maîtriser ses adversaires.

Le jeune joueur fronça les sourcils comme s'il réfléchissait intensément, puis il hocha la tête :

– Ça me plaît assez !

– Pas moi, dit Gio. Pas ici. J'ai déjà une

équipe à manager. Seize joueurs satisfaits de leur vieil entraîneur.

– Les champions de France, soupira Kamel avec envie.

L'entraîneur sourit :

– Ça, on verra. Pour l'instant, ils essaient de jouer au foot, et ils y arrivent parfois. Ce n'est déjà pas si mal.

– Ils sont meilleurs que nous ?

– Oui. Tu veux savoir pourquoi ?

L'adolescent renifla avec méfiance :

– Dites toujours.

– Ils forment une équipe, ce n'est pas votre cas.

Kamel se contenta de secouer la tête en silence.

– Un entraîneur plus jeune que moi viendra s'occuper de vous, ajouta Gio.

– On s'occupera de lui !

– Tu n'as pas envie d'apprendre à jouer ?

– Ça dépend. Avec vous, peut-être.

– Au fond, tu ne sais pas ce que tu veux.

– Vous croyez ?

L'adolescent s'immobilisa devant la grille ouverte de la propriété :

– C'est ici que nos routes se séparent, dit-il. Si je franchis cette limite, je serai désintégré.

– Un talent pareil, ce serait dommage ! plaisanta Gio.

L'adolescent renifla :

– Là, vous vous payez ma tronche ?

– Tu t'es bien payé la mienne.

– Un partout, alors ?

– C'est ça, match nul. Adieu, champion ! dit Gio en agitant la main.

Le jeune joueur s'inclina avec un respect ironique :

– À bientôt, monsieur l'entraîneur.

MIRAVAL 0:3

Après une accalmie nocturne, le mistral avait repris de plus belle, balayant le terrain de Miraval. Luc Vernon, l'arrière gauche, dégagea de toutes ses forces. La balle, trop haute, flotta avant de dépasser ses attaquants. Le milieu défensif de Trets la récupéra et alerta son ailier.

– Plus courtes, les passes ! soupira Gio.

Il le leur avait répété des dizaines de fois : les jours de mistral, il fallait resserrer le jeu et éviter les balles hautes, incontrôlables ! Autant parler à des sourds !

Dick, l'ailier gauche de Trets, centra. Le ballon, rabattu par le vent, faillit tromper Salim.

Le petit gardien bondit, bloqua et relança à la main. « Beau réflexe ! » apprécia l'entraîneur.

– Comme ça, oui !

Marco, l'arrière droit, passa à Gaël, le milieu de soutien. Celui-ci prolongea sur Alban, le milieu offensif. Au lieu de servir Dany, son avant-centre, bien démarqué, le milieu temporisa sur la ligne médiane.

– Plus vite ! s'impatienta l'entraîneur.

À l'aile gauche, Jérôme appelait le ballon. Alban évita un adversaire. Bousculé par un défenseur, il perdit la balle. Gio serra les poings :

– Et voilà !

Trets amorça une contre-attaque dans son style, lent et académique. Au lieu de profiter de cette inertie, les joueurs de Miraval se laissaient gagner par l'apathie de leurs adversaires. Le match s'enlisait avec, de temps en temps, des occasions dangereuses provoquées par les caprices du mistral. Gio se tourna vers son assistant :

– Qu'est-ce qu'ils attendent ?

– La retraite ! plaisanta Hervé.

La défense, solide, neutralisait l'attaque de Trets, mais elle tardait à relancer. Pendant de longues minutes, le ballon circula dans le camp de Miraval sans dépasser la ligne médiane. Soudain, François, le libero, shoota loin devant. Le vent était tombé. Le ballon dépassa la défense de Trets. Le gardien voulut dégager au pied, trouva la jambe de Jérôme et faillit encaisser un but. L'ailier, étrangement paralysé, n'avait pas su profiter de cette occasion inespérée.

– N'importe quoi ! maugréa Hervé.

Sur la remise en jeu, le ballon prolongé par la reprise de l'avant-centre de Trets parvint jusqu'à Salim. Le gardien relança à la main sur Ray. Le stoppeur passa à Gaël qui transmit à Jérôme. L'ailier crocheta un défenseur et centra. Gio secoua la tête avec exaspération :

– Trop haut ! Toujours trop haut !

Le mistral se déchaînait de nouveau, emportant le ballon. Dany manqua sa tête. Un défenseur de Trets récupéra le ballon et le passa en retrait à son gardien.

Gio fit signe à ses joueurs :

– Montez !

Vingt-cinq minutes de jeu. 0 à 0. Un match décousu, sans passion, sans intérêt. Les erreurs se multipliaient. Le public sifflait. Gio ferma les yeux. Ses joueurs ne manquaient pas de qualités. Mais ils semblaient avoir oublié tout ce qu'il leur avait enseigné. Ils subissaient le jeu de leur médiocre adversaire.

Une occasion, enfin ! Alban était seul. À la pointe de l'attaque, Dany leva le bras et partit.

– Hors-jeu ! signala l'arbitre.

Alban avait tardé à ouvrir.

– Il le fait exprès, ma parole ! fulmina Gio.

Les Tretsois prirent leur temps pour placer le ballon, puis ils passèrent en retrait. Plus que sept minutes à jouer en première période.

Le dégagement, contré, mit le ballon dans les pieds de Juan, qui le lança à Gaël. Le milieu se débarrassa d'un adversaire et servit Bruno, à droite. L'ailier crocheta joliment son vis-à-vis, voulut récidiver sur le libero et se retrouva à terre.

– Jouez ! indiqua l'arbitre.

La contre-attaque de Trets se développa le long de la touche.

– Marco !

Le solide défenseur de Miraval n'eut aucune peine à bloquer l'ailier adverse. Il s'empara du ballon, remonta le terrain jusqu'à la ligne médiane et passa à Ray.

– Bien ! murmura Gio.

Marco était une bonne recrue. Grand, musclé, élégant, sûr de lui. Trop, parfois.

Ray servit Gaël, qui ouvrit directement sur Dany. Un long tir, à ras de terre, dans l'axe des buts.

– C'est mieux ! estima l'entraîneur.

Daniel était en possession du ballon à dix-huit mètres des buts. Devant lui se dressaient le libero et le gardien.

– N'attends pas ! conseilla Gio.

Avec une lenteur coupable, l'avant-centre, après avoir crocheté le libero, voulut armer son tir. Plus rapide, le stoppeur effectua un tacle et lui ôta la balle. Le gardien s'en empara et dégagea de toutes ses forces. Gaël reprit de la tête à l'instant où l'arbitre sifflait la mi-temps.

– Quarante minutes insipides, résuma l'entraîneur.

– C'est le mistral ! risqua Jérôme.

Le regard sévère de Gio le dissuada d'insister.

– Le vent n'y est pour rien. Vous êtes mous, amorphes, résignés…

– Résignés à quoi ? râla Gaël.

– À perdre.

– Contre Trets ?

– Contre n'importe qui !

– Il y a encore une mi-temps, fit remarquer Dany.

– Au train où vous allez, il pourrait y en avoir trois, sans vous procurer une goutte de sueur ni une occasion de but. Vos adversaires, qui sont loin d'être des foudres de guerre, ont eu quatre tirs cadrés. Combien pour vous ?

Les attaquants baissèrent la tête.

– C'est la fatigue, grogna Bruno.

– Il fallait le dire plus tôt. Repose-toi.

Gio fit signe à Clément McKenzie, surnommé l'Écossais ou Scotch, de s'échauffer. Bruno se mordit les lèvres : il avait perdu une occasion de se taire.

– Qui d'autre veut céder sa place ?

Sous le regard inquisiteur de l'entraîneur, les

joueurs se gardèrent de broncher.

– Encore une fois, enchaîna Gio, pas de balles hautes. Des passes courtes et rapides. On évite les dribbles inutiles et on ne garde pas le ballon. Pas plus de deux touchers. Je veux une équipe en mouvement perpétuel. Vous, les défenseurs, vous faites du bon travail, mais relancez plus vite. Ne laissez pas à vos adversaires le temps de se replier. Et n'oubliez pas que, maintenant, vous jouez contre le vent. Trets va en profiter pour multiplier les longues ouvertures. Ne vous laissez pas surprendre.

Il embrassa ses joueurs d'un regard circulaire :

– Des questions ? Non ? Alors, exécution !

L'arbitre rappelait les deux équipes. Les joueurs regagnèrent leurs places en silence. Trets engagea. Miraval intercepta presque aussitôt. Une contre-attaque s'ébaucha autour de Gaël et d'Alban. Dany, à la limite du hors-jeu, appelait le ballon. Alban choisit l'ailier droit.

– Scotch !

L'ailier amortit, feinta et centra à une vitesse fulgurante. La tête de Dany frôla le ballon, qui sortit en touche. Gio émit un grognement approbateur :

– Comme ça, oui !

À la remise en jeu, Jérôme commit une obstruction sur le stoppeur. L'arbitre siffla :

– Coup franc !

« Bien ! Battez-vous ! » pensa Gio.

Ses joueurs semblaient se réveiller. La défense dressait un mur sur lequel se brisaient les rares occasions de Trets. Cependant, les attaques de Miraval étaient stériles. Jérôme gaspillait des occasions par fébrilité ; Daniel par excès de lenteur. Alban se perdait dans des dribbles superflus. Seul McKenzie se démenait, multipliant les centres dont ses coéquipiers ne savaient pas tirer profit.

– Avancez !

Gio fit signe à ses milieux de terrain de rester en soutien. « C'est maintenant qu'il faut faire le forcing ! » Cependant, au lieu de s'intensifier, le rythme faiblissait. Comme en première période, le match s'enfonçait dans une lenteur qui frisait la torpeur. Au lieu d'imposer sa loi, par moments, Miraval subissait celle de son adversaire.

– Aucune énergie ! grogna l'entraîneur.

– On dirait qu'ils s'ennuient, soupira Hervé désabusé.

– Pire, ils nous ennuient !

Gio comparait ces joueurs amorphes aux furieux d'Arcadier qu'il avait vus à l'œuvre quelques jours auparavant. Et sa nature le portait à préférer ces derniers. La hargne plutôt que l'indolence !

Il restait quelques minutes à jouer lorsqu'une longue passe du libero de Trets trouva l'avant-centre au-delà des défenseurs de Miraval.

L'attaquant se présenta seul devant Salim.

« But ! pensa Gio. Bien fait ! Ça leur servira de leçon ! » La foule retint son souffle, puis elle applaudit : d'un réflexe magnifique, Salim avait mis le tir à bout portant en corner. Ses coéquipiers se précipitèrent pour le féliciter. Le gardien les repoussa.

– Marquez les avants ! Luc, reviens ! Ray, plus à gauche !

Le tir de l'ailier faillit entrer directement dans les buts avec la complicité du vent. Salim cueillit le ballon et retomba en souplesse. L'avant-centre avait sauté avec un temps de retard. Il s'abattit sur le gardien et le renversa.

– Coup franc ! signala l'arbitre.

Sans perdre une seconde, Salim plaça le ballon et le passa à Marco, qui remonta le long de la touche pour lancer une dernière offensive. L'Écossais prenait le relais lorsque le coup de sifflet final l'arrêta en plein élan. Les Tretsois levèrent les bras en signe de victoire. Décrocher un match nul sur le terrain des champions de France était un exploit pour cette équipe, avant-dernière du championnat.

Les joueurs de Miraval prirent le chemin des vestiaires sous les regards indifférents du public.

– Ce match nul, vous ne le méritez pas ! lança Gio.

– N'empêche qu'on est invaincus depuis le

début du championnat, rétorqua Dany.

– Une victoire et trois nuls. Tu es satisfait ?

– C'est mieux que quatre défaites !

Gio foudroya l'avant-centre du regard :

– Si ton ambition se limite à ça, tu n'as pas ta place dans mon équipe !

La plupart des joueurs baissaient la tête. Trois d'entre eux lui lançaient des regards furieux. Il aurait aimé les entendre élever la voix. Sa réplique était toute prête : « C'est sur le terrain qu'il fallait vous révolter ! » Ils s'abstinrent prudemment, connaissant les colères de leur entraîneur.

– Dommage qu'il n'y ait pas de troisième mi-temps, murmura McKenzie en ôtant son maillot trempé de sueur.

L'Écossais était la seule satisfaction du match avec les exploits de Salim. Gio lui sourit :

– Il y en aura bien d'autres pour toi : te voilà titulaire !

La porte des vestiaires s'ouvrit en grinçant.

– Quoi encore ? lança Gio avec humeur.

Son regard s'adoucit en reconnaissant Pierre Amalric, son meilleur ami. Celui-ci eut un geste d'excuse :

– Pardon de surgir en pleine tempête !

– En fait de tempête, ce serait plutôt le calme plat, bougonna l'entraîneur en poussant son ami hors des vestiaires. Tu as mal choisi ton jour pour venir au stade. Ne me dis pas que tu as fait la route depuis Marseille pour assister à ce désastre !

Pierre dissimula un sourire :

– Pas géant, le spectacle, en effet.

– C'est le moins qu'on puisse dire !

– En fait, ce n'est pas ton équipe, c'est toi que je suis venu voir.

– Dînons ensemble, proposa Gio.

Pierre prit un air désolé :

– Impossible, je dois être chez moi avant huit heures.

– Tu aurais dû me prévenir.

Les deux hommes avaient jadis joué ensemble à Saint-Étienne. Une amitié était née, qui avait résisté aux années.

– Ce n'est pas trop grave ? s'inquiéta Gio devant la mine soucieuse de Pierre.

– Non, enfin si. Je sais que tu dois former une équipe au centre d'Arcadier.

Gio fronça les sourcils :

– Qui t'a dit ça ?

– Moreau, c'est mon ami.

– C'est aussi le mien. Mais il t'a mal renseigné. Il est vrai qu'il m'a proposé de créer une équipe avec un groupe de délinquants. Même si le projet m'intéressait, ce qui n'est pas le cas, j'y renoncerais : j'ai trop de travail. Si le job t'intéresse, ne te prive pas !

Pierre Amalric secoua la tête avec un pâle sourire :

– Je suis dans le même cas : manque de temps ! Je m'envole demain matin pour Milan, et après-demain pour Berlin. Contrairement à toi, j'ai dû abandonner le sport. Je ferais un piètre entraîneur.

– De quoi s'agit-il, alors ?

– L'un de mes neveux est actuellement emprisonné à Arcadier.

Gio haussa les épaules :

– Emprisonné, tu exagères !

– Pour lui, c'est tout comme.

L'entraîneur regarda Pierre avec un étonnement teinté de compassion :

– Quel neveu ? Pas Julien tout de même ?

– Non, Julien est un brillant sujet, major de sa promotion à l'École normale. Il s'agit de Laurent, le fils de mon frère Robert. Tu ne le connais pas. Entre nous, tu ne perds pas grand-chose. Insoumis, violent, dangereux parfois. Un véritable animal quand il est en rogne.

– Qu'est-ce qu'il a fait pour mériter Arcadier ?

– Tout, dit Pierre d'un air sombre : fugues, vols, arrestations, évasions, résistance à la police, voies de fait sur un gardien de nuit… Il faut dire à sa décharge que son enfance n'a pas été de tout repos. Mon frère a quitté ma belle-sœur. Entre eux, c'est la guerre depuis des années. Laurent a été ballotté d'un camp à l'autre dans un climat de ressentiment et d'amertume qui a influé sur son caractère. Trop gâté, pourri de fric, et dénué d'affection. Enfant, il était plutôt doux, rieur et affectueux. J'ai du mal à le reconnaître.

– Je suis désolé, dit Gio. Qu'est-ce que tu attends de moi, au juste ?

– J'y arrive. Laurent n'a qu'une passion dans la vie : le foot. Dans la mesure où tu allais prendre en main ces voyous, j'avais pensé que tu pourrais l'aider.

– Je t'ai expliqué ma situation…

– J'ai bien compris, le coupa Pierre. Dommage pour Laurent. Arcadier ne résoudra pas ses problèmes. Il s'est déjà échappé deux fois. À la troisième, le juge le soumettra à un régime plus rigoureux. Dans un an et demi, il sera majeur. Tu imagines ? Il fréquente un gang qui sévit dans la région d'Avignon. À Arcadier, je suppose qu'il est à l'abri, de ces voyous-là, du moins. On le surveille. Ses parents se désintéressent de lui. Moreau le connaît mieux que son père. C'est un homme intelligent, Moreau, un idéaliste. Il faut en avoir, du courage, pour prendre la responsabilité d'une centaine de délinquants comme ceux qu'on lui a confiés.

– C'est aussi mon avis, acquiesça Gio.

– Au fond, ce projet, la création d'une équipe de foot, c'était utopique !

– Non, c'est une excellente idée, au contraire, à condition de lui consacrer le temps nécessaire. J'ai indiqué à Moreau deux candidats, des hommes jeunes, entreprenants et sérieux.

– Ton refus est donc définitif ?

– Je le crains.

Au même instant, les joueurs sortirent des vestiaires et bombardèrent l'entraîneur de questions :

– Le prochain entraînement, c'est à quatorze ou à quinze heures ? demanda Alban.

– Et dimanche ? dit Salim. Le car de Peyrols part des Lices ou de Magenta ?

Jérôme bouscula les autres pour se glisser au premier rang :

– Monsieur, on m'a chouravé mes chaussures !

Gio offrit à Amalric un visage désespéré :

– Et tu voudrais me coller seize nouveaux joueurs ?

– Quels joueurs ? C'est quoi, cette histoire ? demanda Salim avec impertinence.

L'entraîneur prit un air féroce :

– Occupe-toi de tes affaires !

Gaël fit un clin d'œil à ses coéquipiers :

– Une deuxième équipe !

– Plus tenace et généreuse, pourquoi pas ? dit l'entraîneur.

Ray sourit d'un air incrédule :

– Vous charriez, boss ?

– Après un match comme celui d'aujourd'hui, je me pose la question.

– On est champions de France ! protesta Gaël.

– Vous l'avez été. On n'hérite pas d'un titre, on le mérite.

– C'est ce qu'on va faire ! fanfaronna Marco.

Gio cessa soudain de plaisanter :

– Sans vouloir vous décourager, vous êtes loin du compte. Des graines de champion, il y en a peut-être parmi vous. Mais si les spectateurs d'aujourd'hui m'entendaient, ils me riraient au nez.

Luc haussa les épaules :

– Vous poussez : on n'était pas si nuls !

– Pires ! Je pardonne volontiers le manque de talent, pas l'indolence. C'est la volonté qui a permis à Miraval, une équipe obscure, de faire une carrière internationale.

– Sacrée carrière ! s'exclama Pierre Amalric. Le Brésil, le Japon, les États-Unis…

– Ouais ! Le Japon, je veux bien y aller, moi ! dit Salim.

Marco le bouscula :

– Tu as déjà participé à la tournée américaine, alors place aux autres !

– Boston, Washington, Los Angeles…, frima Salim.

Les autres le huèrent, sauf Gaël qui avait participé au voyage. Il se contenta de préciser :

– Les Américains l'avaient surnommé King Goal, en l'honneur du singe, pas du gardien.

Les joueurs éclatèrent de rire. Leur match nul

était oublié. Ils ne pensaient plus qu'à la soirée qu'ils allaient passer ensemble, certains au cinéma, les autres à la piscine. Gio les rappela à l'ordre :

– Mercredi, quinze heures. Les absents seront rayés de la fiche de match.

– Soldats, rompez les rangs ! commanda Gaël.

Pierre Amalric se laissa gagner par le rire des adolescents :

– Dur métier, entraîneur !

MIRAVAL 0:5

Gio examina le sol d'un air désabusé : des trous, des bosses, peu d'herbe, trop de boue. Le terrain d'Arcadier était à l'image de la mission qu'il avait fini par accepter : accidenté et imprévisible. Sa remise en état aurait exigé l'ouverture d'un chantier de terrassement, entraînant apport de terre, tassement, drainage, semis de gazon et entretien.

« Pas assez de crédits, avait soupiré Moreau. Et ça, dans tous les domaines. Nous sommes condamnés à survivre avec les moyens du bord ! »

« C'est son problème, pas le mien », s'était dit Gio. À présent, il changeait d'avis. Comment avait-il pu se laisser convaincre de prendre en main cette bande de délinquants ? Par défi ? Par passion ? Par inconscience, oui ! Il était trop tard pour renoncer. L'équipe – si on pouvait l'appeler ainsi – accourait : bruyante, grossière, désordonnée. Il s'était fait piéger.

Combien de brutes ? Trente ? Il leva la main pour obtenir le silence. Sans résultat.

– Lesquels ont déjà fait du foot ? demanda-t-il.

Les plaisanteries cessèrent. Tous les bras se levèrent sans exception.

– Je ne parle pas d'un jeu de ballon sur un trottoir ou à la récré.

Il y eut quelques ricanements méprisants.

– Qui a joué dans une véritable équipe ?

Quelques bras s'abaissèrent. Le regard goguenard de Kamel semblait dire : « Je savais bien que vous viendriez vous frotter à nous. »

– Je constate avec plaisir que j'ai affaire à de vrais footballeurs, ironisa l'entraîneur.

– Tous champions ! rugit Marc Anderson, un gaillard blond aux larges épaules.

Gio approuva avec le sourire :

– Super ! Qui pense avoir l'étoffe d'un gardien ?

– L'étoffe ? Moi ! gloussa César Ruiz, un clone de Bob Marley, qui exhibait une coiffure rasta et une chemise satinée de chanteur de rock.

Quatre bras se levèrent. Parmi les candidats, l'entraîneur reconnut Manuel Giordano et Lou Fabrizzi. Il avait remarqué l'adresse du premier et l'audace du deuxième. « C'est toujours ça », pensa-t-il.

– Les défenseurs maintenant.

Un petit nombre de joueurs se désignèrent, de solides gabarits. Anderson en faisait partie. Gio poursuivit :

– Milieu ?

Deux seulement ! Tous rêvaient d'être attaquants. Ce n'était pas surprenant.

– Je suppose que les autres se destinent à l'attaque.

Une forêt de mains s'agita, accompagnée d'un concert de cris d'animaux.

– De toute manière, c'est moi qui déciderai de votre poste, en définitive.

– Pourquoi nous demander notre avis ? s'emporta Anderson.

– Pour savoir ce que vous attendez de ce sport, afin d'utiliser au mieux votre énergie au-delà de vos qualités.

– On ne fait que bavasser, là ! Quand est-ce qu'on joue ? grogna Nick, un ado au physique de rugbyman, tout en faisant rebondir un ballon à la peau usée.

Gio secoua la tête :

– Quand ? Peut-être jamais.

– Tu te fous de nous ! lança quelqu'un.

L'entraîneur repéra le provocateur. C'est à lui qu'il s'adressa :

– Seuls les meilleurs m'intéressent.

– C'est-à-dire ?

– Ceux qui n'ont pas peur de se surpasser.

– Et de défoncer les autres, ajouta un ado au milieu des ricanements.

– Casser un adversaire est à la portée de n'importe qui, répliqua l'entraîneur. Se surpasser exige infiniment plus de courage. Vous êtes des durs ? Il va falloir le prouver. Mais avant de commencer, je vais vous demander de vous nommer afin que je puisse vous reconnaître.

Il fit le tour du cercle, inscrivant le nom et la physionomie de chacun dans sa mémoire. Certains se désignaient du bout des lèvres ; d'autres lançaient leur nom avec un air de défi.

– Où est Laurent Amalric ? questionna l'entraîneur.

Les réponses fusèrent :

– Au plumard !

– Chez ta meuf !

– En taule !

Il fit cesser les lazzis et demanda :

– Vous avez des maillots ?

– Des tas ! dit César Ruiz.

– C'est un problème, dit Gio. En vous voyant jouer, j'avais du mal à distinguer les deux équipes.

– L’arbitre aussi, grogna Anderson.

– Quel arbitre ? pouffa Kamel. Le Rat n’a pas encore compris que le foot se joue avec les pieds.

– Je vais régler ça, promit Gio.

– L’arbitrage ?

– Les maillots, vous aurez tous les mêmes. Mais chaque chose en son temps : d’abord, la préparation physique !

– Le physique, mec, on est prêts, dit Nick en bombant le torse.

– Monsieur, rectifia l’entraîneur.

– Mossieu.

– Combien pèses-tu ? Quatre-vingts kilos ?

– Quatre-vingt-cinq, grogna le costaud.

– Nous allons voir ce qu’on peut faire de tant de muscles. Je constate que certains d’entre vous sont en jean et en pull. Un conseil : allégez-vous. Vous risquez de souffrir.

En disant cela, Gio ôta son survêtement et parut en short et T-shirt, le corps mince, musclé et bronzé.

Il montra le parc :

– Cinq mille mètres pour s’échauffer.

– On peut aussi bien courir sur le terrain, protesta Anderson.

Ignorant la suggestion, l’entraîneur partit aussitôt en longues foulées, entraînant la meute des futurs joueurs. Le parc d’Arcadier couvrait environ deux hectares. Ils longèrent sa clôture,

succession de grillages et de vieux murs envahis de lierre. Après trois tours complets, la moitié des coureurs se trouvèrent distancés. Gio continua au même rythme, sans se soucier des retardataires. Trois d'entre eux abandonnèrent l'exercice en râlant :

– On n'est pas là pour ça !

– J'en ai ma claque !

Anderson s'affala sur le tronc d'un arbre abattu :

– Je me réserve pour le match.

Les autres ralentissaient. Gio les houspilla :

– Pas de footing, pas de foot. Encore un tour, un dernier !

Une vingtaine de joueurs terminèrent le parcours.

– Cinq minutes de récupération, annonça l'entraîneur qui n'était même pas essoufflé.

Kamel s'épanouit :

– Ensuite, le match !

– Pas trop tôt ! dit Yandé, un jeune Noir au corps maigre et aux muscles durs de boxeur.

Gio profita de l'intermède pour aller chercher trois ballons dans le coffre de sa voiture.

– Les mecs, on va jouer avec quatre ballons ! plaisanta Kamel.

Yandé s'esclaffa :

– Comme ça, tu auras une chance d'en toucher un !

– Stretching ! annonça Gio.

– Encore ? râla César.

– Si vous n'êtes pas contents, vous pouvez sortir du terrain. Je veux uniquement des volontaires, OK ?

Plusieurs partirent. En décomptant ceux qui avaient déserté au cours du cinq mille mètres, il restait vingt-quatre joueurs. C'était encore trop.

– Bien.

Ils le considéraient maintenant avec attention. C'était une première victoire, mais il se gardait bien de triompher. Avec ces têtes dures, le combat ne faisait que commencer. Il forma quatre cercles de six joueurs, chacun avec un ballon, et commença les exercices.

Il passait de l'un à l'autre, dispensant conseils et encouragements. La plupart s'appliquaient. Dans leurs yeux, peu à peu, le plaisir remplaçait l'insolence.

MIRAVAL 0:6

Gio compta ses joueurs. Dix, ils étaient dix ! Il interrogea Hervé en s'efforçant de maîtriser sa colère :

– Ils t'ont prévenu ?

– Bruno, Yann et Roger, oui. Les deux premiers ont la grippe. Roger est à Nice, chez sa grand-mère.

– Et les autres ? Marco, Maurice, Gregory…

L'assistant fit un signe de dénégation.

– Marco est malade, je crois, dit Salim.

– Ça ne l'empêche pas de téléphoner ! s'emporta Gio.

Il consulta sa montre : une demi-heure gaspillée. Inutile d'attendre plus longtemps. Il ne lui restait même pas assez de joueurs pour un match de sixte. La rencontre de dimanche semblait sérieusement compromise. Ils n'allaient tout de même pas déclarer forfait contre Peyrols !

– Prêts ?

Salim exhiba ses dents blanches :

– Depuis une heure !

L'entraîneur lui lança un regard meurtrier : il n'avait pas le cœur à rire. Cependant, il se radoucit devant la bonne humeur de ceux qui étaient là.

– J'espère que vous avez de l'énergie pour onze.

– Pour vingt, répliqua Salim.

– C'est ce qu'on va voir.

Il les conduisit dans les collines et se félicita de les voir en forme. Ils couraient mieux et plus longtemps que ses durs d'Arcadier. Au bout d'une demi-heure, il les ramena sur le terrain dans un état de fraîcheur surprenant.

– Si vous vouliez..., soupira-t-il.

Ils attendaient la suite, mais Gio évita de parler de leur dernier match.

– Qu'est-ce qu'on va faire ? demanda Salim.

– Vérifier tes réflexes, pour commencer.

– Je veux dire : contre Peyrols.

– Ne t'en fais pas.

L'entraîneur afficha une confiance qu'il était

loin d'éprouver en réalité. Pour éviter les questions indiscrètes, il commença les exercices. Salim se plaça dans le but, dos tourné au terrain. Cinq attaquants s'alignèrent aux dix-huit mètres. Au signal de Gio, les joueurs devaient shooter à tour de rôle et Salim se retourner. Le gardien para quatre tirs sur cinq.

– Pas mal, dit Gio.

Salim dégagea le ballon d'un coup de pied rageur :

– Pas mal !

– Quatre sur cinq, autrement dit quinze tirs cadrés et trois buts encaissés, calcula l'entraîneur.

– Le dos tourné ! râla Salim.

– Je n'avais pas remarqué, plaisanta Gio.

Il était satisfait du gardien. C'était un garçon adroit, courageux et intelligent. Depuis trois ans, ses exploits avaient permis à Miraval de remporter bien des matchs. Tout en appréciant ses arrêts réflexes, l'entraîneur notait la précision de McKenzie. L'Écossais avait tiré quatre fois et inscrit trois buts, toujours dans l'angle droit, à quelques centimètres des barres.

Gio n'avait pas remarqué d'emblée les qualités du remplaçant. McKenzie avait rejoint l'équipe deux semaines après les autres. Il était en piètre condition physique. À présent, il se distinguait. Un vrai battant, capable de stimuler son attaque somnolente.

– Passons à la technique.

Il répartit les joueurs par paires. Le premier lançait le ballon. Le second devait effectuer un amorti, conduire la balle sur trois ou quatre mètres avant de tirer au but, d'abord du pied droit et ensuite du pied gauche. Ces gestes devaient s'enchaîner de plus en plus vite. À ce jeu, Gaël et l'Écossais se révélèrent les plus habiles. Dany était adroit, mais sa lenteur s'avérait un handicap.

Pendant vingt minutes, les joueurs travaillèrent les amortis avec le cou-de-pied, la cuisse, la poitrine et la tête. Gio et Hervé se partageaient les groupes. L'entraîneur restait en retrait, surveillant l'ensemble des joueurs et intervenant pour corriger leurs défauts. Souvent, il faisait lui-même la démonstration des gestes techniques.

– Pas mal ! commentait Salim.

Gio souriait. En pleine action, il ne pensait plus aux absents.

Après les amortis, ils s'exercèrent à dribbler. Puis l'entraîneur organisa un match à dix joueurs sur la largeur du terrain. Dans un camp, il réunit Salim, Luc, Ray, Jérôme et Dany. Dans l'autre, François, Juan, Gaël, Alban et McKenzie.

L'équipe B n'avait pas de gardien. Elle compensait ce désavantage par un trio d'attaquants animé par l'Écossais.

Pendant une demi-heure, Gio arbitra, critiquant chaque phase de jeu, selon son habitude, puis il passa le relais à Hervé et annonça :

– Je dois vous quitter.

– La séance de ciné est à dix-huit heures, fit remarquer Salim.

– Dix-huit heures trente pour *Ratatouille*, précisa Ray.

Il les menaça du poing :

– Bande de…

Sur le parking du stade, sa bonne humeur s'évanouit. « Téléphoner aux absents », résolut-il. Généralement, c'étaient les joueurs qui suppliaient d'être titulaires. La situation lui était intolérable.

En dehors de ses fonctions d'entraîneur, Gio dirigeait le service commercial de la SME, Société méridionale d'édition. Il s'y rendit pour régler quelques problèmes urgents. Sa mauvaise humeur surprit ses collaborateurs, habitués à la patience et à la courtoisie de leur directeur. Conscient de perturber le travail des autres par sa nervosité, il quitta son bureau plus tôt que prévu et se gara dans un parking du centre-ville. Il voulait acheter un livre de Matheson. Cet auteur de science-fiction avait l'art de dissiper ses déceptions et ses contrariétés.

Il passait devant le café de la Paix lorsqu'un visage familier attira son attention : Marco ! Assis à une table, le prétendu malade discutait avec une jeune fille blonde. Gio entra. À sa vue, Marco se troubla, puis il se reprit très vite pour faire bonne contenance devant sa compagne.

– Boss ? Quel bon vent vous amène ?

– Je constate que tu es souffrant ! dit l'entraîneur.

– Moi ? Pas du tout, j'avais…

– … entraînement à quinze heures. Nous t'avons attendu. Tu n'as même pas pris la peine de me prévenir. Tu avais sans doute une raison impérieuse pour laisser tomber tes coéquipiers ?

En disant cela, l'entraîneur regarda la jeune fille, qui rougit.

– C'est vrai, dit Marco.

Il désigna son amie :

– Yseut avait de gros problèmes au collège. J'ai dû l'aider. Ce n'était pas prévu.

À l'air stupéfait de la fille, il était facile de voir que Marco mentait. Yseut ouvrit la bouche pour protester, puis elle choisit de se taire. Elle avait l'air d'une fille sage. Gio la trouva tout à fait ravissante. Il aurait pardonné à Marco, apparemment amoureux d'elle, cependant il ne supportait pas la désinvolture avec laquelle il avait laissé tomber ses partenaires.

– Il faudrait savoir si tu veux rester dans l'équipe, dit Gio.

– Bien sûr ! protesta Marco. C'est ma première absence ! Je suis toujours l'un des premiers à m'entraîner !

– Par ta faute, tes amis n'étaient que dix.

– Je ne pouvais pas savoir !

– Et pour dimanche ?

– Je serai là contre Peyrols, et comment !

Il se frappa le front :

– J'avais oublié… Je n'ai pas le droit de jouer, pas vrai ? Quand on manque un entraînement…

Il se payait sa tête ! Gio serra les poings. Il brûlait d'envie de suspendre l'arrogant pour plusieurs matchs. Déroger à la règle ou déclarer forfait ? En fait, il n'avait pas le choix et l'autre le savait.

– Le car partira à treize heures.

– Treize heures, répéta Marco en souriant.

– Merci, monsieur, dit Yseut.

Elle était charmante, avec de grands yeux bleus, une voix douce.

– Vous viendrez au stade ? lui demanda Gio pour se faire pardonner sa sévérité.

Elle secoua ses boucles :

– Je ne crois pas, non.

– Elle n'aime pas le foot, commenta Marco.

Yseut lui lança un regard de reproche :

– Ce n'est pas une question de goût. Je n'y connais rien.

– Au fait, demanda Gio à brûle-pourpoint, quel était ce grave problème ?

Elle fronça les sourcils, décontenancée.

– Sa dissertation, répondit vivement Marco. Yseut était en retard. Je l'ai aidée.

– Ça ne pouvait pas attendre ce soir ?

– Non, sans ça, vous pensez bien…

– Quel sujet ?

– La dissert ? Le théâtre classique, Racine, Corneille, improvisa Marco.

Gio eut pitié de la jeune fille qui rougissait à vue d'œil. Avant de quitter les lieux, il se contenta de dire au défenseur :

– J'espère que tu te défendras mieux sur le terrain !

– Où sont les autres ? demanda Gio.

À Arcadier, comme à Miraval, son effectif avait brusquement fondu. Ils étaient maintenant dix-sept au lieu de vingt-quatre, malgré l'arrivée de deux nouveaux. La différence était éloquente : neuf défections.

– Ils viendront tout à l'heure, dit César Ruiz.

– Après le match, ricana l'un des nouveaux, un grand gaillard aux épaules larges, aux traits réguliers, à la bouche dure et au regard insolent.

– Quel match ?

– France-Écosse, à la télé. Il n'y a pas que le foot dans la vie !

Gio se força à sourire. Quand Philippe Moreau avait proposé de rendre les séances d'entraînement obligatoires, l'entraîneur avait refusé sous prétexte qu'il ne voulait que des volontaires. Le foot était un plaisir, pas une punition. Moreau s'était montré sceptique. Gio était obligé de donner raison au directeur : les joueurs essayaient de lui imposer leurs propres règles, leurs horaires, leurs absences. C'était ce qu'on allait voir !

– Pas question d'arriver en retard ! gronda-t-il.

Le sourire du nouveau signifiait : « Tu veux faire la loi ? Bon courage ! »

– Je ne t'ai jamais vu, toi ! constata l'entraîneur.

L'ado le regarda sans ciller :

– Exact.

– Et toi, puis-je savoir qui tu es ? demanda Gio à l'autre nouveau venu.

– Moi, c'est Billy, dit celui-ci d'un ton jovial. Billy Natsarian.

Gio enregistra le crâne rasé, la cicatrice sur la pommette droite, les tatouages sur les bras. Il ne put s'empêcher de trouver le garçon sympathique malgré son allure de skinhead.

– Et toi ?

– Laurent.

– Mais encore ?

– Amalric.

Bien qu'il ressemblât fort peu à son oncle, l'entraîneur avait deviné l'identité du garçon au premier abord. Il n'en laissa rien paraître.

– J'ai besoin de photos d'identité de chacun d'entre vous, dit-il.

– Pour quoi faire ? demanda Laurent.

– Disons pour mieux vous reconnaître.

– Vous en trouverez dans tous les bons commissariats, plaisanta David au milieu des rires.

L'entraîneur hocha la tête :

– Je n'en doute pas. Vous y êtes ? On peut commencer !

– À jouer ? s'exclama César.

– À courir.

Des grognements de protestation se firent entendre. Laurent s'assit sur le banc, une planche posée sur deux cubes de pierre :

– Je vous attends ici.

– Si tu ne t'échauffes pas avec tes camarades, tu ne joueras pas, l'avertit Gio.

Il récolta un haussement d'épaules nonchalant.

– D'abord, ce ne sont pas mes camarades. Ensuite, je suis assez chaud pour jouer et pas très chaud pour courir en troupeau, lança Laurent.

– Comme tu voudras, répondit Gio.

Il entraîna les autres sur le chemin de la clôture. À chaque passage, Laurent leur lançait des cris d'encouragement. Au quatrième tour, ils s'arrêtèrent. Gio forma deux équipes de huit joueurs. Laurent rejoignit l'un des camps en annonçant :

– Je joue en pointe.

Gio lui indiqua le banc :

– Tu joues en retrait.

L'adolescent fit le sourd :

– Allez, mecs, on va les pulvériser !

L'entraîneur lui saisit le bras et commanda :

– Dehors !

– Pas touche !

Laurent se débattit. Aussitôt, la prise de Gio se resserra. Le jeune homme ne s'attendait pas à une poigne aussi rude. Ses tentatives furent inutiles. La douleur le paralysait. Gio le traîna hors du terrain sans effort apparent. Puis il le poussa sur le banc.

Laurent se massa le bras en grimaçant :

– Vieux bouc, tu me le paieras !

L'entraîneur rejoignit ses joueurs comme si l'incident était sans importance. Il demanda :

– Lou n'est pas là ? Qui veut être gardien ?

Manuel leva la main. Gio sourit :

– Tu as déjà ta place. Qui d'autre ?

– Laurent, dit Nick en désignant le rebelle avachi sur son banc. C'est le meilleur.

L'entraîneur secoua la tête :

– Pas question !

– Je veux bien essayer, dit Anderson.

– Bonne idée ! ricanèrent ses adversaires.

En distribuant les postes, Gio prit soin d'associer Kamel et David, les plus doués du groupe, à son avis. Puis il calma les ardeurs de Jérémy et d'Éric, qui piaffaient au centre du terrain :

– Ne vous emballez pas. C'est un match expérimental, le résultat n'a aucune importance. Je veux juger votre comportement physique et mental.

– Ça veut dire quoi ? grogna César en secouant ses mèches noires.

– Votre maîtrise comptera autant que vos qualités techniques. Je veux une équipe de gentlemen, pas un gang de casseurs.

– Prêts pour les câlins ? gloussa Nick.

– Pour commencer, échangez vos maillots : les clairs à ma droite, les foncés à ma gauche.

– Arrière ! rugit César. Le mien, c'est Thierry Henry qui me l'a offert.

– Henry, tu parles ! ricana Yandé.

– Il a rétréci depuis, ironisa Gio.

À force d'insistance, on parvint à convaincre le stoppeur de troquer sa chemise fluorescente contre celle de Marcel Casella.

– Vous nous aviez promis des maillots neufs, rappela celui-ci.

– Ils sont en route, dit Gio.

Marcel renifla la chemise avec une grimace de dégoût :

– Il y a urgence !

– Odeur de champion ! cria César.

– Odeur de chèvre !

Gio rétablit le calme et donna le coup d'envoi. Quelquefois, il interrompait la partie pour tempérer l'agressivité ambiante et prodiguer des conseils. Dans l'ensemble, les joueurs se montraient dociles. L'entraîneur se disait qu'avec de la patience, il pourrait former une bonne équipe. Cependant le temps lui faisait défaut. Les premiers entraînements avaient empiété sur ses jours de congé, le privant d'un repos dont il avait grand besoin. Il lui fallait trouver une autre solution ou renoncer.

Quand il siffla la fin du match, Kamel se mit à râler :

– On commençait à peine !

– Quatre buts, ça ne te suffit pas ? grommela Anderson.

– Le score ne signifie rien, je vous l'ai dit, intervint Gio.

Anderson cracha sur le sol :

– Je suis nul comme gardien.

L'entraîneur le rassura :

– Tu as l'étoffe d'un bon arrière droit.

– À condition de continuer à jouer avec les mains, plaisanta Yandé.

Gio remit son survêtement et alla faire son rapport à Philippe Moreau. Au passage, il découvrit le banc de touche inoccupé. Il en conclut que

Laurent s'était lassé de voir les autres se passionner pour une partie dont on l'avait exclu. « Pas facile à apprivoiser ! » songea-t-il.

– Ce n'est pas gagné, dit-il à Moreau. Certaines rivalités sont constructives, mais dans le cas de vos protégés, elles posent de sérieux problèmes.

– C'est pour ça que vous êtes là, dit le directeur avec bonne humeur. Ils vous ont déjà adopté, c'est sûr.

– Vous êtes optimiste !

– Je les connais : d'un côté, ils sont en pleine rébellion ; de l'autre, ils ont soif de reconnaissance. En canalisant l'une vous leur procurerez l'autre.

Gio sourit avec ironie :

– Il ne reste plus qu'à passer de la théorie à la pratique. Simple formalité, en somme !

– C'est difficile, je sais bien.

– Vous n'imaginez pas à quel point. Je n'ai que le mercredi après-midi pour entraîner deux équipes !

Moreau soupira :

– Navré de vous compliquer l'existence.

« Mon œil ! pensa l'entraîneur avec rancune. Tu as eu ce que tu voulais ! »

Il consulta sa montre :

– Dix minutes pour arriver à Orgon !

– À mercredi ?

La poignée de Moreau était chaleureuse. Gio secoua la tête : « Vieux renard ! »

En atteignant le parking, il vit que sa voiture avait disparu. Il dut annuler son rendez-vous et appeler un taxi. Inutile de porter plainte : il connaissait l'auteur et le motif du vol.

Le lendemain, Gio retrouva sa voiture garée devant sa villa, un mot collé sur le pare-brise: « Merci pour la balade. »

Bien que le véhicule n'ait pas subi de dommage, la plaisanterie lui parut de mauvais goût. Informé de l'incident, Moreau fit une enquête et décréta ses pensionnaires innocents. Les surveillants faisaient l'appel trois fois par jour. Aucune absence n'avait été constatée. Gio en conclut que le centre n'était pas aussi bien surveillé que l'affirmait son directeur.

Laurent était responsable du vol. Il en aurait mis sa main à couper. Cependant, il oublia la provocation. Il avait d'autres soucis en tête : le match de Peyrols, en particulier.

Ses craintes étaient justifiées : le dimanche suivant, après dix minutes encourageantes, la partie sombra dans une démonstration aussi brillante que stérile. Les joueurs des deux équipes s'amusaient à dribbler, à jongler, à se donner en spectacle sans se soucier de leurs partenaires.

Gio, toujours maître de lui, en venait à hurler :

– Courez ! Démarquez-vous ! Bon sang, remuez-vous !

Colère inutile. Alban faisait son numéro au centre du terrain. Dany s'enferrait dans la défense. Jérôme papillonnait à l'aile gauche. McKenzie, privé de passes, était l'ombre de lui-même.

En face, Peyrols adoptait une stratégie défensive peu propice à enflammer le match.

Le score était de 0 à 0 lorsque Leroux, l'avant-centre, frappa de trente mètres. Le ballon, dévié par la jambe de Luc, prit Salim à contre-pied. 1 à 0. Les supporters de Peyrols saluèrent cet exploit inattendu par un concert de hurlements.

– Si ça pouvait les réveiller..., grommela Hervé.

Gio poussa un soupir résigné :

– Il faudrait plus qu'un but, un miracle !

Pendant quelques minutes, ce miracle parut

possible. Miraval se déchaîna, puis le feu s'éteignit.

– Inadmissible ! enragea l'entraîneur.

Peyrols profita d'une passe hasardeuse pour s'emparer du ballon et le faire circuler parmi ses défenseurs. Dany, Alban et Jérôme se bornaient à suivre la balle mollement. Seul l'Écossais chargeait ses adversaires. Sans appui, il s'épuisait en vaines tentatives.

– Manque de rythme, dit Hervé.

– Manque de volonté !

Le regard de Gio était sombre. Il ne savait plus comment les prendre. Menaces, encouragements, vexations, rien n'y faisait. La masse des atoniques paralysait les battants comme Marco, Gaël et McKenzie. Il ne pouvait même pas éliminer les poids morts : il avait onze joueurs et aucun remplaçant. En cas de blessure, l'équipe jouerait à dix. « Ça ne changerait pas grand-chose ! » pensa-t-il avec amertume.

La mi-temps intervint sur le score de 1 à 0.

– Dites-moi que vous êtes révoltés de faire partie de l'équipe la plus médiocre du championnat ! fulmina Gio.

– Médiocre ? Miraval est quatrième ! protesta Ray.

– Un but stupide, plaida Marco.

Gio les interrompit d'une voix sourde :

– Vous n'avez rien retenu de ce que je vous ai

enseigné, rien ! Je n'ai pas vu une passe correcte, pas une combinaison, pas un tir au but. Aucune solidarité. Pas d'audace. Si je n'étais pas responsable de vous, j'aurais déjà quitté le stade.

Ils baissaient la tête. Cette résignation décupla la colère de l'entraîneur.

– Les Peyrolais ne vont pas se contenter d'un but, croyez-moi. Ils ont constaté que vous étiez à leur merci. Ils vont maintenant pratiquer un jeu offensif. Je connais leur entraîneur, Michelet. Il craignait de se heurter à un mur et il voit s'ouvrir un boulevard jusqu'aux buts de Salim. Quelle aubaine !

– Qu'ils y viennent ! gronda Marco.

– Vous êtes prêts à vous battre ?

– Ça oui, grinça le défenseur.

– C'est à vous tous que je m'adresse.

Ils relevaient la tête. À présent, il voyait de la colère dans leurs yeux. Il ajouta :

– Vous allez attaquer. Marquer vos adversaires, les harceler, ne pas leur laisser une seconde de répit. Vous évoluerez à cinq attaquants : Dany, Clément, Jérôme, Alban et Gaël. Je me fiche du résultat. Je veux de l'action ! Cessez de jongler : on n'est pas au cirque. Pas de dribbles inutiles. Des passes courtes et immédiates. Toujours un ou deux joueurs en soutien. Mettez le feu au match. Il vous reste quarante minutes pour me faire mentir. Faites-moi plaisir !

Les anciens, Salim, Ray et Gaël, se regardèrent en souriant. Ce « faites-moi plaisir » avait enflammé bien des joueurs dans le passé. Mais les circonstances étaient différentes. À présent, l'équipe débordait de talents et manquait d'âme.

Au début de la deuxième mi-temps, l'inertie fit place au désordre. Les passes précipitées manquaient leur but. Les tirs s'envolaient dans les nuages. Hervé s'arrachait les cheveux :

– De pire en pire !

Gio restait silencieux. Visage de marbre et bras croisés, il suivait ses joueurs. Soudain, l'Écossais s'empara du ballon, effaça son adversaire direct et expédia un boulet de canon qui fit trembler les filets. 1 à 1. Fous de joie, les joueurs se précipitèrent sur le buteur et le bousculèrent avec une rudesse amicale.

Dix minutes plus tard, McKenzie récidiva. Après s'être débarrassé de deux défenseurs, il trompa le gardien. 2 à 1.

– Sacré joueur ! jubila Hervé.

Gio acquiesça. Il avait bien jugé l'Écossais. La confirmation de son talent le réjouissait. Toutefois, les deux buts qu'il venait d'inscrire n'étaient dus qu'à des exploits individuels. L'équipe elle-même n'évoluait pas à son meilleur niveau.

Sur une contre-attaque de Peyrols, Leroux perça la défense et décocha un tir puissant, que

Salim réussit à arrêter en deux temps.

– Défaut de marquage ! critiqua Gio.

Il fit signe à ses joueurs de monter plus haut.

– Plus vite, la relance !

– Démarque-toi !

– Juan, à toi !

Il se remettait à crier. Il restait moins d'un quart d'heure. Peyrols, soutenu par son public, s'élançait à l'attaque. Gio serra les poings :

– Bien, Marco, bien !

Après avoir contré Leroux, le défenseur montait le long de la touche en longues foulées. Élégant, efficace. Attaqué par le milieu défensif de Peyrols, il couvrit son ballon et renversa le jeu sur l'aile gauche. L'Écossais amortit de la poitrine, évita la charge d'un défenseur et centra. Dany reprit de la tête dans l'angle des buts. Le gardien cueillit le ballon et relança aussitôt en direction de son milieu de soutien qui, en voulant alerter Leroux, trouva François. Le libero dégagea de toutes ses forces. Dany, à la réception, réussit à contrôler.

– C'est mieux ! murmura l'entraîneur.

L'avant-centre réussit à crocheter le libero. L'arrière droit se jeta sur lui, les deux pieds en avant. Dany sauta pour esquiver le contact. Dépossédé du ballon, il le récupéra et le glissa à McKenzie. Le tir de l'ailier fit vibrer la transversale. La balle revint en jeu. Dany la reprit de la tête. Le gardien mit en corner d'un revers de main.

– Ils se réveillent enfin ! soupira Gio.

Jérôme se précipita, récupéra le ballon et le plaça à l'angle du terrain. Son tir décrivit une parabole. Après avoir évité le poing du gardien, il revint sur le front de l'Écossais. La tête, magnifique, catapulta la balle au fond des filets. 3 à 1 !

– La tronche ! hurla Gaël en soulevant le buteur.

– La tronche de Gio, gloussa Alban.

L'entraîneur avait le sourire.

Trois minutes de jeu. Peyrols engagea rapidement et attaqua à droite. L'ailier se débarrassa de Luc, obliqua au centre quand François le faucha à vingt mètres des buts. L'arbitre siffla une pénalité. Les joueurs formaient le mur. Comme ils tardaient à s'aligner, Leroux shoota avant le signal. Salim bloqua le ballon, le fit rebondir, voulut dégager. Un coup de sifflet stoppa son élan : estimant que le mur n'était pas à bonne distance, l'arbitre fit retirer le coup franc.

Leroux frappa en force. Comme en première période, la balle toucha un pied et trompa Salim. 3 à 2.

Le public, rendu muet par les trois buts des visiteurs, se mit à encourager son équipe. Au centre du terrain, les Peyrolais trépignaient et protestaient, estimant que leurs adversaires tar-

daient à engager. L'arbitre indiqua qu'il tiendrait compte du temps perdu au cours des arrêts de jeu.

Gaël engagea enfin sur Alban, qui servit Jérôme. L'ailier fonça le long de la touche. Il stoppa brusquement, trompant son vis-à-vis, et centra. Dany reprit maladroitement. Vicieuse, la balle qu'on croyait perdue trompa le gardien pour terminer sa course dans les filets. 4 à 2 !

L'arbitre montra le centre et siffla la fin de la rencontre.

Hervé rejoignit ses joueurs en délire. Gio resta à sa place, bras croisés, visage énigmatique. Les joueurs se précipitèrent vers lui.

– On l'a enflammé votre match, non ? triompha Alban.

Gaël brandit le poing :

– Un volcan !

L'entraîneur fit la moue :

– Quelques étincelles.

Comme ils le conspuaient, Gio sourit :

– On fera peut-être quelque chose de vous avec beaucoup d'efforts et un bon fouet !

MIRAVAL 0:9

L'entraînement simultané des deux équipes posait à Gio un problème insoluble. D'abord, il avait voulu consacrer le mercredi à Miraval et le samedi à Arcadier. Cet arrangement s'avéra impossible. Sa profession exigeait trop de temps. Le travail qu'il ne pouvait pas accomplir le mercredi, il était bien obligé de l'effectuer le samedi. Il décida d'entraîner les deux équipes le mercredi. Arcadier de quatorze à seize heures, et Miraval de dix-huit à vingt.

Quand il leur annonça le changement d'horaire, les joueurs protestèrent.

– Si tard ? Pourquoi ? dit Salim.

– C’est à cause de son équipe de voyous. Eux d’abord ! gronda Marco.

Gio le reprit avec sévérité :

– Je te défends de parler comme ça !

– C’est le mot qui vous déplaît ? ricana le défenseur. Comment il faut les appeler ? Loubards ? Racaille ?

– Sur un terrain de foot, tous les joueurs se valent, dit Gio.

– Si on est à égalité, pourquoi ils s’entraînent le jour et nous la nuit ? râla Gaël.

– Notre terrain est équipé pour les nocturnes, pas le leur.

La déception se lisait dans les yeux de Dany :

– Moi, je ne pourrai pas venir, je vous préviens. J’habite trop loin de Miraval.

– On essaiera de trouver une solution.

– Mes parents ne voudront pas.

Gio sourit avec bonne humeur :

– Je les appellerai. En attendant, il est trois heures. Le soleil brille. Qu’est-ce qu’on attend ?

Leur victoire contre Peyrols semblait avoir transformé les joueurs. Les malades étaient revenus, sauf Bruno, blessé au genou. Ils étaient en excellente condition physique.

Pendant le match de sixte, Gio composa mentalement son équipe idéale. Si la défense était facile à structurer avec Salim, Marco et Luc, d’une part ; François, Ray et Juan, d’autre part, l'attaque, en revanche, méritait réflexion. Si Gaël et McKenzie s'imposaient, les autres étaient plus incertains. Dany ou Gregory ? Yann ou Alban ? En attendant un choix définitif, l'entraîneur décida de transférer l'Écossais à la pointe de l'attaque, et Alban à l'aile gauche. Dany, pour sa part, évoluerait au poste de milieu offensif.

– Vous êtes en bonne voie, dit Gio. Mais le plus difficile est devant vous : Carpentiez et Vareilles. Ces deux matchs seront des moments de vérité.

– Contre nous, Carpentiez ne fait pas le poids, assura Alban qui avait joué dans cette formation la saison précédente.

Gio eut une moue dubitative :

– Matisse, l'entraîneur, a renforcé son effectif pendant l'intersaison. Il a deux recrues de valeur : Robin, l'avant-centre, et les deux ailiers, Népal et Ramuz.

Salim fit un clin d'œil à ses coéquipiers en désignant Alban :

– Et il a viré les tocards !

Alban plissa les yeux :

– Je te signale que j'ai marqué neuf buts, l'année dernière. Tu devrais te les rappeler. L'un en particulier.

– C'était un penalty ! grommela le gardien avec mépris.

– Les autres, il les a marqués contre son camp, gloussa Luc.

L'entraîneur mit fin aux commentaires et annonça d'une voix rêveuse :

– Nous allons sans doute modifier notre méthode d'entraînement.

– L'horaire ! renifla Ray.

– Pas forcément.

– Quoi, alors ?

– Une expérience…

Le mercredi suivant, à dix-huit heures, ce qu'il redoutait se produisit : huit joueurs seulement se présentèrent au stade.

– Bientôt, je vais me retrouver seul, plaisanta Salim.

– Avec moi, dit Marco. Personnellement, je préfère jouer en nocturne.

Gio effectua l'entraînement comme si son effectif était au complet. Cependant, à quatre contre quatre, le match n'avait plus de raison d'être. Il le remplaça par des exercices de tactique. Ils étudièrent le démarquage, puis les différentes techniques de dribble. Gio leur enseigna à apprécier la position, la vitesse et l'angle de contact de l'adversaire. Lui-même se mêla au jeu.

Il les exerçait à protéger leur ballon avec les épaules, le buste et les pieds lorsque Sébastien Duval, l'adjoint au sport, entra sur le terrain :

– Monsieur Giovanelli, j'aimerais avoir un

entretien avec vous lorsque vous aurez terminé votre entraînement.

Gio regarda sa montre :

– Fini pour aujourd'hui !

– Je vous dérange, s'excusa Duval.

C'était un jeune homme courtois et sympathique. Devinant l'objet de sa visite, l'entraîneur réprima un sourire.

– Je suppose que vous êtes venu me féliciter ?

– Pour votre magnifique victoire, oui.

– Ce sont les joueurs qu'il faut applaudir.

– On sait bien que vous ne faites qu'un avec vos joueurs.

– L'équipe commence à exister, dit Gio.

L'adjoint montra le terrain désert :

– Pourtant, vos joueurs ne sont pas très assidus… à l'entraînement.

Le regard de l'entraîneur s'assombrit :

– C'est l'objet de votre visite ?

– Vous avez modifié les horaires. Plusieurs parents sont venus se plaindre à la mairie, confirma Duval d'un air ennuyé.

Gio hocha la tête :

– Je les comprends. Entre nous, ce n'est pas le changement, mais le motif de celui-ci, qui leur déplaît.

– Peut-être, admit Duval. Ce que vous faites à Arcadier est louable. Mais faut-il que notre équipe en pâtisse ? N'est-il pas plus juste de donner la priorité à l'équipe officielle et subventionnée ?

Gio montra les projecteurs :

– Simple question d'éclairage. Vous allez me dire : « Pourquoi dépenser de l'énergie quand on peut s'entraîner dans la journée ! »

L'adjoint sourit. L'entraîneur avait trouvé lui-même la réponse à sa question.

– Arcadier n'est pas sur le territoire de la commune.

– Et les parents de ceux qui y séjournent ne font pas partie de vos électeurs.

Duval leva la main en signe de protestation :

– Ce n'est pas une question politique, je vous l'assure. J'aime le football, et j'apprécie le travail que vous réalisez depuis bien des années. Mais ma fonction m'oblige à tenir compte des critiques de nos administrés. N'y a-t-il pas moyen de revenir à l'horaire habituel ?

– Peut-être, murmura Gio.

Le visage de l'adjoint s'éclaira :

– J'étais sûr de votre compréhension.

– Je ne vous promets rien, s'empressa de dire l'entraîneur. Je me permets de vous rappeler que le travail que j'accomplis ici est entièrement bénévole. Pour vivre, j'exerce une profession astreignante, et ne dispose pas d'une liberté suffisante pour gérer deux équipes à la fois.

– Vous avez un choix à faire.

– Un choix, oui. J'ai envie de tenter une expérience…

– Une expérience ? répéta l'adjoint avec un soupçon d'inquiétude.

– Bénéfique pour notre équipe.

– Vous m'intriguez.

L'entraîneur effaça d'un geste de la main ce qu'il venait de dire :

– Ce n'est qu'un projet. Je dois y réfléchir.

– Il réussira, je suis prêt à parier.

Une lueur moqueuse s'alluma dans les yeux de Gio :

– Vous me flattez. Un conseil : ne vous réjouissez pas trop vite. La mairie n'apprécie guère mes initiatives.

Sébastien Duval prit l'air peiné :

– Je vous ai toujours soutenu.

– C'est vrai. Entre sportifs…

Duval avait été tennisman, classé cent vingt-sixième à l'ATP.

– La politique est une autre forme de sport, dit-il en riant.

Gio opina :

– Un sport de combat !

MIRAVAL
1:0

La bagarre prit Gio au dépourvu. Alors qu'il croyait tenir ses équipes en main, soudain, le match avait dégénéré.

En voulant séparer les joueurs les plus acharnés, il se trouva face à quatre adolescents déterminés à le rosser. Fernando et Louis étaient des brutes, qui n'avaient rien à faire sur un terrain de foot. Olivier et Kurt, en revanche, manifestaient des dons prometteurs en dépit de leur indiscipline. Il avait dû sévir contre eux à plusieurs reprises. Mais ces sanctions ne justifiaient pas de telles représailles.

Comme Fernando et Louis l'empoignaient, il leur conseilla :

– Calmez-vous !

S'il répondait à la violence par la violence, ce serait la fin de sa mission. Ses adversaires, eux, étaient décidés à lui infliger une correction. Il comprit trop tard que leur agression était préméditée. En quelques secondes, il se retrouva à terre. Fernando et Kurt le maintenaient. Louis pesait sur sa poitrine. En réunissant toutes ses forces, Gio les souleva. Mais ils étaient quatre et avaient l'habitude de se battre. De nouveau, ils le clouèrent au sol. Louis arracha des poignées d'herbe :

– Tu vas brouter, mec. Ça t'apprendra à me traiter de bœuf !

– On va voir qui est le ruminant, ricana méchamment Fernando.

– Tenez-lui la tête ! commanda Louis.

Le genou de Fernando écrasa la gorge de l'entraîneur. Gio essaya de se débattre sans arriver à se libérer. Il n'avait aucune aide à espérer. Les surveillants étaient occupés ailleurs. Gio leur avait interdit d'intervenir : il voulait rester seul avec ses joueurs au cours des entraînements. À présent, il mesurait son imprudence. Le reste de l'équipe observait la scène, indécis.

– Sa grande gueule, ouvrez-la-lui ! dit Louis. Tiens, voilà ta pâtée !

Ils se mirent à deux pour lui ouvrir la mâchoire. Gio sentait faiblir sa résistance quand, brusquement, ceux qui le maintenaient le libérèrent. Un joueur avait plongé sur ses tortionnaires. L'entraîneur reconnut Laurent. D'autres intervenaient à leur tour : Anderson, puis Manuel, David, César, Kamel lui-même, malgré sa petite taille. Gio put se relever.

Deux groupes d'adolescents s'affrontaient. L'entraîneur constata avec plaisir que ses défenseurs étaient deux fois plus nombreux. Les insultes fusaient de part et d'autre :

– Lèche-cul !

– Taré !

– Pédale !

– Répète un peu pour voir !

Un coup de poing jaillit. Kurt vacilla. Gio s'interposa :

– Finie, la mi-temps. Je n'avais pas faim et je déteste la salade.

La plaisanterie déclencha les rires et détendit l'atmosphère. Seul Fernando refusa d'entrer dans le jeu de l'entraîneur. Il se remit à l'insulter, puis il tenta de le frapper au visage.

Quelques minutes auparavant, Gio s'était laissé prendre par surprise. Là, il s'attendait à l'agression. Il para le coup et réagit avec une rapidité étonnante. Fernando se retrouva à genoux, le bras paralysé, grimaçant de douleur.

– Je ne ferai pas de rapport sur ce qui vient de se passer, dit Gio. Tu ne seras pas transféré à Tolbiac, comme tu le mérites. Mais tu ne remet-

tras plus jamais les pieds sur ce terrain, compris ?

Il dut répéter sa question en accentuant sa prise.

– OK, gémit la brute.

L'entraîneur le libéra, puis s'adressa aux trois autres :

– Toi, Louis, tu dégages aussi. Pas à cause de ta bêtise et de ta lâcheté, mais parce que tu n'as aucun avenir sur un terrain de foot. Pour toi, Olivier, et pour toi aussi, Kurt, la situation est différente. Vous avez l'un et l'autre des qualités. Je veux bien vous garder au sein de l'équipe. Mais sachez que je ne serai pas toujours aussi indulgent. À la moindre brutalité, vous serez exclus à titre définitif. Et si vous levez encore la main sur moi, non seulement je le signalerai à la direction, mais je veillerai personnellement à ce qu'on vous expédie en taule. Maintenant, décidez-vous. Vous avez le choix.

– Je reste, murmura Olivier d'une voix si basse que Gio jugea bon de lui faire répéter sa réponse.

Kurt répondit avec plus de conviction :

– Idem !

Les deux équipes se reformèrent avec l'entrée de Willy et de Cyril, les remplaçants de Louis et de Fernando. Gio ordonnait un entre-deux lorsque Edmond, l'un des surveillants, que les pensionnaires d'Arcadier avaient baptisé « le Rat », fit irruption :

– Que se passe-t-il ?

– Rien de spécial, dit Gio.

– C'était une baston, non ?

L'entraîneur secoua la tête d'un air indulgent :

– La partie est très disputée.

Le rire des joueurs des deux camps ulcéra le surveillant.

– Si vous maîtrisez…

– On maîtrise tous ! ricana Laurent.

Gio siffla pour indiquer que la discussion était close, et ordonna :

– À vos postes !

Edmond s'éloignait à contrecœur. Laurent cracha sur le sol :

– Il était là, le Rat. Il a tout vu, et il n'est pas intervenu. Il attendait de voir le sang couler.

Gio fit celui qui n'avait pas entendu. Cependant, il ne se faisait aucune illusion : Laurent n'avait pas tort. Le Rat, d'un naturel jaloux et hargneux, avait un compte à régler avec lui. Une révolution aurait été pour lui une aubaine.

Le match reprit dans un bel esprit. L'incident avait permis aux joueurs de se libérer de leur agressivité. De belles offensives, gâtées par un excès d'impétuosité, se dessinaient. Gio encourageait ses poulains. Il se félicitait d'avoir réintégré Laurent. L'adolescent avait de réelles qualités. Il contestait ses décisions, en venait parfois aux mains avec ses adversaires, mais, de match en match, il se civilisait.

Le score était de deux à deux lorsque l'entraîneur siffla la fin de la rencontre.

– Vous êtes prêts pour vous mesurer aux futurs champions, dit-il d'un air mystérieux.

– Quels champions ?

Ils le regardaient, intrigués.

– Je ne sais pas encore.

Ils se mirent à rire comme s'il s'agissait d'une plaisanterie. Plus perspicace, Laurent demanda à voix basse :

– On va rencontrer Miraval ? C'est ça, pas vrai ? Quand ?

L'entraîneur fronça les sourcils :

– Pourquoi es-tu intervenu, tout à l'heure ? Pour me remercier de la balade ?

– Quelle balade ?

La lueur moqueuse qui brillait dans les yeux du rebelle confirma l'opinion de Gio : c'était bien lui qui avait volé sa voiture.

Les seize de Miraval examinaient le terrain défoncé d'Arcadier avec consternation.

– Tu parles d'un champ de mines ! grommela Ray.

Marco renifla avec colère :

– C'était ça, sa grande surprise !

Avec leurs tenues dépenaillées et leur dégaine, leurs adversaires n'avaient pas meilleure apparence que leur stade.

À distance respectueuse l'un de l'autre, les deux groupes s'observaient avec méfiance.

– Qu'est-ce qu'on fait ? s'impatienta Luc.

– On se remue, dit Gio d'un ton sec.

Il les conduisit sur la ceinture du domaine. Tout en courant, il les compta : trente-cinq, un succès ! En associant les deux formations, il espérait susciter une émulation réciproque. Informé du projet, Moreau s'était montré réticent, le trouvant périlleux. Puis il avait fini par donner son accord : « On peut toujours essayer. Mais sous surveillance. »

Les joueurs accomplirent cinq tours entiers, parcourant presque six mille mètres. Les trente-cinq allaient au même rythme, certains serraient les dents, mais refusaient de se laisser distancer.

Alban, qui courait dans les derniers, remonta jusqu'à la hauteur de l'entraîneur :

– Pourquoi on ne s'entraîne pas à Miraval ?

Gio montra le décor :

– Il ne te plaît pas, ce parc ?

– Le parc, oui. Le terrain, en revanche…

En l'entendant, Marco trouva l'occasion de manifester son amertume :

– Ces pauvres mecs sont en cage. Il faut bien les distraire. Tu n'es jamais allé au zoo ?

– Arrête tes idioties ! ordonna Gio d'un ton cinglant.

Au sixième tour, l'entraîneur leur accorda quelques minutes de repos. Au lieu d'en profiter, les joueurs d'Arcadier commencèrent à s'entraîner. Ils monopolisaient les trois ballons fournis par Hervé en plus des deux leurs. Marco bouscula César pour récupérer le meilleur des cinq.

– Te gêne pas ! s'insurgea le stoppeur.

Marco ricana, sarcastique :

– C'est un ballon de foot, pas une balle de ping-pong, minus !

Tous les contacts n'étaient pas aussi hostiles. Kamel discutait du championnat avec Salim. David plaisantait amicalement avec l'Écossais. Yandé et Ray évoquaient Marseille, leur ville natale. Ces complicités réjouissaient l'entraîneur. Pour les encourager, il mélangea les joueurs des deux équipes lors des exercices techniques : contrôles orientés au sol ou aériens, amortis, dribbles, débordements.

À ce jeu, les cadets de Miraval se révélaient les plus doués. Seuls David, Kamel et Jérémy étaient capables de rivaliser avec eux.

Au bout de trois quarts d'heure, Gio forma deux équipes. Celle de Miraval aligna les onze titulaires du championnat : Salim dans les buts ; Marco, Luc, François et Ray en défense ; Juan, Gaël et Alban au milieu du terrain ; Dany, Scotch et Jérôme à l'attaque.

L'équipe d'Arcadier réunit Manuel, le gardien ; Nick, Anderson, Yandé et César en défense ; Laurent, Marcel et Kamel au centre ; Éric, Jérémy et David en attaque.

Comme les remplaçants manifestaient leur mauvaise humeur, Gio leur promit de les faire entrer en cours de partie.

Dès l'engagement, la rencontre prit l'allure d'un duel sans merci : rythme intense et marquage viril. Un combat acharné, mais sans brutalité, à la satisfaction de l'entraîneur. Si Miraval dominait, grâce à un jeu plus collectif, la folle énergie d'Arcadier posait des problèmes à son adversaire.

– Gaël !

Dany, bras levé, appelait le ballon. La passe aérienne atteignit son but. L'avant-centre frappa en demi-volée, de l'intérieur du pied. Manuel plongea quelques secondes trop tard. Lorsqu'il toucha le sol, il vit le ballon au fond des filets.

Forts de leur avantage, les joueurs de Miraval monopolisèrent la balle, résistant aux charges musclées de leurs adversaires. Gio n'hésitait pas à sanctionner la moindre irrégularité. Habituellement, les sanctions soulevaient des protestations. Ce jour-là, les joueurs d'Arcadier se pliaient à ses décisions sans discuter.

En face, Marco se révélait le plus agressif. Les brutalités qu'il exerçait sur David lui avaient déjà coûté trois coups francs sans pour autant l'inciter à assouplir son marquage. L'avant-centre résistait à ses attaques sans se rebiffer.

Soudain, il crocheta l'arrière et se trouva en

position de tir lorsque son adversaire le faucha par-derrière. La faute avait été commise dans la surface de réparation. Sans hésiter, Gio accorda un penalty.

David se releva, plaça son ballon, prit de l'élan et trompa Salim d'un contre-pied imparable. 1 à 1.

Au bord du terrain, les spectateurs – de jeunes délinquants et quelques surveillants – applaudirent leur équipe. Les joueurs d'Arcadier s'embrassaient. Salim s'en prit à Marco :

– Arrête de te croire sur un ring !

– Arrête de te prendre pour un gardien ! râla le défenseur.

La joie d'Arcadier fut de courte durée. Sur une offensive amorcée par Alban, Dany centra et trouva l'Écossais, qui shoota dans la foulée. 2 à 1.

– Trop facile ! jubila Dany.

Jérôme flanqua une bourrade au buteur :

– Du pur Scotch !

Le jeu reprit à l'avantage de Miraval. La domination des bleus était si écrasante qu'on pensait la victoire acquise. C'est alors que Kamel intercepta une passe, dribbla deux adversaires et offrit le but à David. 2 à 2.

Arcadier faisait plus que résister : l'équipe se permettait maintenant d'attaquer à outrance.

– Attention ! cria l'entraîneur.

Tous les joueurs étaient montés. Seul le libero restait en couverture. Gaël s'empara du ballon et ouvrit pour l'Écossais qui effaça Yandé et trompa Manuel, redonnant l'avantage à son équipe. 3 à 2.

Au lieu de baisser les bras, les joueurs d'Arcadier continuaient à lutter avec courage. De son côté, Miraval multipliait les exploits. Les deux équipes n'avaient jamais joué à un tel niveau, et Gio se félicitait de voir que son idée portait ses fruits quand, soudain, sans raison apparente, Marco s'en prit à David et lui asséna un coup de tête. Gio vit l'avant-centre à genoux, les mains pressées sur son visage. Le temps de porter le sifflet à ses lèvres, la violence se déchaîna et la mêlée devint générale.

L'entraîneur se précipita pour séparer les adversaires. Les surveillants ne lui en laissèrent pas le temps. Ils envahirent le terrain et expulsèrent les combattants. Gio dut se résigner à mettre un terme à la rencontre si bien commencée.

– L'expérience était séduisante, mais risquée, commenta Moreau.

L'entraîneur lui lança un regard sombre :

– Je ne comprends pas ce qui s'est passé. Rien ne laissait prévoir l'affrontement.

– Arcadier est un baril de poudre, prêt à exploser à la moindre étincelle.

– Arcadier n'est pas responsable de l'incident, assura chaleureusement Gio. Ce sont mes joueurs les coupables, l'un en particulier. Il va le regretter !

– Je ne pense pas qu'une sanction soit de nature à améliorer les rapports entre les joueurs, soupira Moreau. Elle risque, au contraire, d'attiser les rancunes.

– Selon vous, je devrais passer l'éponge ?

Gio se mit à marcher de long en large dans le bureau en bousculant les sièges. Moreau le regardait d'un air perplexe :

– Si je comprends bien, vous voulez poursuivre l'expérience, malgré tout ?

L'entraîneur empoigna le dossier d'un fauteuil comme s'il voulait le soulever.

– Je persiste à penser que c'est une réussite !

– Ce n'est pas l'opinion des surveillants, dit Moreau avec humour.

Gio haussa les épaules :

– Ils ne m'apprécient guère.

– Ils sont jaloux de l'influence que vous exercez sur leurs garçons.

– Leurs garçons ! Vous voulez parler de leurs détenus ?

Moreau se mit à rire :

– Je vous admire d'être aussi passionné à votre âge !

– Ce n'est pas votre cas ?

– Sur un terrain de foot, peut-être.

Gio plissa les yeux avec cynisme :

– Alors, au prochain match, ne restez pas enfermé dans votre bureau !

MIRAVAL 1:2

– Audace ou inconscience ? Je me pose la question, dit Raoul Versigny.

Gio dévisagea le maire de Miraval avec l'indulgence qu'il réservait aux joueurs naturellement maladroits, mais néanmoins pleins de bonne volonté :

– Vous vous intéressez au football ?

Versigny fronça les sourcils :

– Que voulez-vous dire ?

– Vous n'êtes pas venu à la finale du championnat de France, et je ne vous ai pas vu non plus à la remise du trophée, rappela Gio.

– Les devoirs de ma charge…, soupira le

maire. Les cérémonies, Duval est là pour ça.

L'adjoint, présent à la réunion, sourit d'un air contraint.

– Je suis très ennuyé, enchaîna Versigny. Conduire notre équipe dans un centre de détention…

« Notre équipe ! On dirait soudain qu'elle lui appartient, alors qu'il ignorait son existence il y a une semaine à peine ! » songea l'entraîneur sarcastique.

– Éducation ! Un centre d'éducation fermé, rectifia-t-il.

Le maire tripota son stylo avec une vigueur qui trahissait son agacement.

– Pour les parents de nos joueurs, il n'y a pas de différence, croyez-moi. Ils nous confient leurs enfants pour les voir mener une vie saine, et vous… Vous les conduisez chez ces délinquants. Résultat : des injures, une rixe, des blessés…

Il se tourna vers son adjoint pour avoir confirmation des faits. Celui-ci énuméra :

– Juan Carta, François Briol, Marco Bianchi…

Gio haussa les épaules :

– J'ai rencontré Juan et François ce matin, ils se portaient à merveille. Quant à Marco, il a bien cherché ce qui lui est arrivé : c'est lui qui a déclenché la bagarre. Son adversaire est plus amoché que lui.

– Ces explications ne changent rien au problème, dit le maire. Vous n'aviez pas à faire sortir vos joueurs du club sans l'autorisation de leurs parents.

Le regard de l'entraîneur se teinta de dérision :

– Mes cadets se déplacent un dimanche sur deux, souvent dans des conditions plus difficiles. Des frictions entre les joueurs sont inévitables. Elles sont sanctionnées. Personnellement, je me débarrasse sans hésiter des mauvais éléments. En ce qui concerne l'incident que vous évoquez, Arcadier s'est bien comporté. Le responsable, c'est Miraval. Les coupables seront punis comme ils le méritent. Quant aux blessures, elles sont insignifiantes. M. Duval a fait assez de sport pour témoigner qu'on en récolte de pires.

– M. Duval, dont vous invoquez le témoignage, vous avait déconseillé un tel match.

– Allons donc ! Il n'était pas au courant.

– C'est vrai, confirma l'adjoint.

– Il m'a seulement prié de revenir aux horaires d'entraînement antérieurs. C'est ce que j'ai fait.

Le maire consulta sa montre d'un air ennuyé :

– Soit. Il ne nous reste plus qu'à mettre un terme à cette expérience malheureuse.

Gio contint sa colère. Le maire faisait semblant d'ignorer qu'il n'avait aucune prérogative sur l'organisation et le fonctionnement de l'équipe. La subvention accordée par la municipalité lui donnait un droit de regard sur la gestion du club, non sur la formation des joueurs et l'activité proprement sportive. S'il essayait d'en imposer à l'entraîneur, il tombait mal : Gio n'était pas de ceux qui se laissent intimider.

À son tour, il jeta un coup d'œil à sa montre :

– Trois heures. Mes joueurs m'attendent.

– Je dois répondre à mes administrés, protesta Versigny.

Gio le salua froidement :

– Je vous ferai connaître ma décision.

En arrivant au stade, sa colère n'avait pas diminué. Depuis l'incident, l'entraînement des deux équipes avait lieu séparément, celui d'Arcadier le mercredi matin, et celui de Miraval le mercredi après-midi. Cependant, Gio n'avait pas renoncé à mettre son expérience en pratique.

Préoccupé, ce jour-là, il entraîna les joueurs dans les collines plus loin qu'il l'avait prévu.

– Si ça continue, on va dormir à Valence ! râla Luc.

– Dormir ? Tu rêves, mec ! gloussa Salim en montrant Gio qui allait toujours de sa foulée infatigable.

L'entraîneur s'arrêta enfin sur la Crête-Rouge,

l'un des sommets de Miraval.

– J'ai oublié l'heure, grogna-t-il comme s'il revenait à la réalité.

– Le stade est là-bas, quelque part à l'ouest, plaisanta Gaël.

Gio ne consentit pas à sourire. Devant son air rogue, les joueurs n'osaient pas chahuter comme à l'accoutumée. Assis en cercle sur les roches rouges, ils l'observaient en silence. Soudain, il les interrogea :

– Qu'est-ce que vous pensez du match ?

– Carpentiez ? dit Jérôme.

– Arcadier !

Ils échangeaient des regards indécis. Salim fut le premier à prendre la parole :

– Elle n'est pas si nulle, cette équipe.

Gaël approuva :

– Meilleure que Peyrols ou que Trets. Elle aurait sa place dans le championnat.

– Moi, j'ai flashé sur Kamel, dit Alban. Sacré dribbleur !

– Leur avant-centre n'est pas mal non plus.

– David, dit Salim. Il m'a vachement crucifié !

Gio se tourna vers Marco :

– Et toi, qu'est-ce que tu en penses ?

– De quoi ?

– De celui que tu as agressé ?

– Il l'avait cherché !

– Rien ne justifie ta conduite. Mais explique-nous ce qu'il t'avait fait. Je suis curieux de t'entendre.

– Je n'ai aucune envie d'en parler.

– Tu n'as pas le choix, dit Gio avec une douceur menaçante. De toute manière, tu es suspendu pour les deux prochains matchs. Maurice prendra ta place. Mais si tu refuses de me fournir une raison valable, ton exclusion sera définitive. C'est clair ?

– Très clair.

Marco se leva nonchalamment, déterminé à se taire pour faire bonne figure devant ses coéquipiers. Puis il se mit en demeure d'abandonner le groupe. Gio ne fit rien pour le retenir. Avec lui, il perdait un élément précieux, le pilier de la défense. Cependant, il préférait sacrifier ses prochains matchs plutôt que de laisser un joueur dicter sa loi et se comporter comme un voyou sur le terrain.

– Qu'est-ce qu'on va faire ? demanda Salim avec inquiétude.

L'entraîneur sourit :

– Nous allons travailler, battre Carpentiez et Vareilles, remporter le championnat régional et disputer le championnat de France.

– C'est tout ? pouffa Salim.

Les autres riaient. L'entraîneur reprit son sérieux :

– Tout est possible si vous faites preuve de la

même combativité et de la même solidarité que mercredi.

– Vous parlez d'Arcadier ? dit Ray incrédule.

Gio acquiesça avec conviction :

– C'était un beau match, intelligent, engagé, généreux, jusqu'au geste inexcusable de Marco. Vous méritez mieux que ce gâchis, et vous allez le prouver.

MIRAVAL
1:3

La pelouse de Carpentiez était drue ; la terre souple.

– Plus douillette que la caillasse d'Arcadier, jubila Salim en se roulant dans l'herbe, comme un chiot, après avoir bloqué un tir facile.

– Frimeur ! lui lança Maurice Lebrun.

Le gardien lui montra les Carpentiérains qui faisaient leur entrée sous les applaudissements de leurs supporters :

– Vise un peu ce que tu vas avoir sur le dos !

Les adversaires de Miraval, plus grands et plus lourds, étaient réellement impressionnants. Maurice siffla entre ses dents :

– Sacrés balèzes !

« Dommage que Marco ne soit pas là ! » regretta Salim. Maurice était rapide, mais il semblait trop léger pour contenir les attaquants adverses : Robin, l'avant-centre, Ramuz, l'ailier gauche, et Rocco, le milieu offensif, qui tous dépassaient un mètre quatre-vingts.

Invaincu depuis la reprise du championnat, Carpentiez talonnait le leader, Vareilles. Ces deux équipes avaient creusé l'écart sur les suivantes. Miraval, classé troisième, avait cinq points de retard sur Carpentiez. Même victorieuse, l'équipe resterait à la troisième place.

– On va les avoir ! rugit François.

Salim grimaça un sourire : « Lui, au moins, il a le moral ! » Le gardien se sentait fébrile, ce qui n'arrivait presque jamais. Ses adversaires avaient inscrit vingt buts en six matchs. Ils risquaient de le ridiculiser.

Gio semblait confiant. Il observait ses joueurs, essayant de lire leurs pensées. Il distinguait sans peine ceux qui doutaient et ceux qui étaient prêts à se battre pendant quatre-vingts minutes.

L'arbitre convoqua les deux capitaines. Ce rôle revenait à Gaël, le plus ancien. Favorisé par le tirage au sort, il choisit de changer de camp, mettant Carpentiez face au soleil. Un handicap.

Carpentiez engagea, passa en retrait à son libero. Le défenseur temporisa pour attirer les attaquants adverses, puis expédia une longue balle.

– Ray !

Le stoppeur réceptionna le ballon de la tête. Robin, lancé, le heurta de plein fouet, lui coupant la respiration.

– Jouez ! décida l'arbitre.

Le ballon parvint dans les pieds de Gaël. Le milieu crocheta Rocco, feinta à droite et servit Jérôme, l'ailier gauche. Celui-ci contrôla et centra. McKenzie reprit de la tête. Pressé par Dany, le gardien boxa le ballon, qui revint en jeu. L'Écossais armait son tir quand Jansen, le libero, le chargea violemment, récupéra la balle et servit Ramuz, à l'aile gauche.

L'arbitre ignora la protestation véhémente de l'Écossais, bousculé et piétiné.

– On se fait massacrer ! grommela Maurice.

Il fonça sur Ramuz, qui l'écarta du bras et réussit à centrer. Luc sauta pour reprendre de la tête. Robin prit appui sur ses épaules et le devança. Salim détourna en corner.

Les joueurs de Miraval entourèrent l'arbitre qui refusait de sanctionner la faute.

– Ne vous énervez pas, murmura Gio.

Défenseurs et attaquants se bousculaient devant les buts. L'arbitre intervint pour les séparer.

– Le match va dégénérer, prédit Hervé.

– Hé ! l’arbitre, mets tes lunettes ! hurla Gregory depuis le banc de touche.

Gio se tourna vers le remplaçant et menaça de le renvoyer dans les vestiaires.

Ramuz tira le corner au ras du cadre. Salim sauta, saisit le ballon et retomba dans une forêt de jambes. Atteint d’un coup de pied, il se recroquevilla sur la balle. Ses coéquipiers, inquiets, se penchèrent sur lui :

– Ça va, mec ?

Luc avertit Robin :

– La prochaine fois, je te descends !

– Calmez-vous ! conseilla l’arbitre.

– Ça dépend de toi, dit François.

Gio allait entrer sur le terrain quand l’arbitre lui fit signe de rester à sa place. Le public sifflait le gardien, l’accusant de faire du cinéma pour gagner du temps. Les joueurs s’impatientaient à leur tour. Salim consentit à se lever en se frottant la hanche.

François shoota le coup franc accordé par l’arbitre. Le ballon parvint à Gaël, qui dévia sur Alban. Le milieu offensif contrôla et ouvrit sur l’Écossais, bien lancé. Celui-ci plaça la balle sur son pied droit et tira, imprimant à la balle un effet étonnant. Le gardien le laissa échapper. 1 à 0.

Toute l’équipe, Salim en tête, se rua sur le buteur. Une euphorie intense et brève : les joueurs reprirent aussitôt leur place. Gio approuva : le match ne faisait que commencer. Surtout, rester concentrés !

Une offensive immédiate de Carpentiez lui donna raison. Le jeu était rapide et athlétique. Les chocs étaient rudes. Miraval faisait front à l'orage. Cependant, la trop grande liberté laissée aux joueurs par l'arbitre risquait de susciter des réactions violentes.

– Hors-jeu !

La protestation d'Hervé fut vaine. L'arbitre de touche n'avait pas levé son drapeau et l'arbitre de terrain ignora la faute.

– Une vraie calamité ! gronda l'assistant.

Sur un centre jailli de la droite, Robin contrôla le ballon et décocha un tir lourd que Salim arrêta en deux temps. Le gardien relança aussitôt à la main sur Ray, qui alerta Gaël. Le milieu évita le tacle de Rocco et se défit du libero avant de servir Dany. L'ailier contrôla et tira. Le ballon effleura la transversale avant de pénétrer dans les buts. 2 à 0.

Dans une vaine tentative pour repousser le tir, le gardien avait heurté le poteau. Blessé à l'épaule, il dut céder sa place à son remplaçant.

Juan demanda par gestes à son entraîneur : « Combien de temps avant la mi-temps ? » Gio écarta les doigts d'une main : « Cinq minutes ! »

– Tenez bon ! grommela-t-il.

– Ils maîtrisent le jeu, dit Hervé.

– Pour l’instant.

Les Carpentiérains usaient leurs adversaires dans les corps-à-corps. Miraval résistait. « Jusqu’à quand tiendront-ils ? » se demandait Gio.

L’action suivante confirma ses craintes : lancé par Alban, McKenzie fonçait vers les buts quand il fut victime d’un tacle irrégulier. Il resta à terre. Cette fois, Gio, dédaignant l’avis de l’arbitre, entra sur le terrain et s’agenouilla auprès de l’avant-centre grimaçant de douleur :

– Ma cheville !

La blessure était sérieuse. Les soigneurs emportèrent le blessé et Gio dut se résoudre à remplacer son buteur. Tandis que Gregory s’échauffait, Alban plaça le ballon à une vingtaine de mètres des buts de Carpentiez. Le mur qui se formait était agité de remous, car Jérôme et Dany poussaient leurs adversaires pour s’insinuer dans la ligne défensive.

Il restait une ou deux minutes à jouer. Alban ne se pressait pas. Il montrait à l’arbitre le mur qui n’était pas à bonne distance. L’homme en noir s’impatientait. Le mur se disloquait. Alban tira enfin, visant une brèche dans la défense. Le ballon, dévié par un pied adverse, rebondit sur le montant gauche. Jérôme, qui avait suivi l’action, le poussa dans les filets. L’ailier leva un poing victorieux, puis il se figea, incrédule : l’arbitre refusait le but !

Un défenseur était à terre, poussé par Dany qui protestait de son innocence. D'un coup de pied rageur, Jérôme dégagea le ballon dans les tribunes sous les huées du public. L'arbitre brandit un carton jaune.

– C'est malin ! grommela Gio.

Quelques instants plus tard, l'arbitre siffla la mi-temps. Gio réunit ses joueurs et rappela d'un ton sévère :

– Ne jamais contester une décision d'arbitrage, même venant du pire des arbitres. Et ne jouez pas au bras de fer avec vos adversaires. Ils n'attendent que ça. Vous avez le match en main. Continuez au même rythme, faites circuler le ballon, évitez le contact.

– Facile à dire ! maugréa Salim en se frottant la hanche.

Gio sourit :

– Tu fais un grand match. Vous aussi, je n'ai rien à dire !

– C'est bien la première fois, ricana Gaël.

Les joueurs riaient. Leur première mi-temps échevelée ne semblait pas les avoir éprouvés. Salim et Luc plaisantaient. Dany et Alban allèrent prendre des nouvelles de l'Écossais. Gaël fustigeait l'arbitre à voix basse. Au signal, ils se dépêchèrent de reprendre leurs positions respectives. À présent, Dany jouait au centre. Gregory le remplaçait à l'aile droite.

– Tu as raison, dit Gio.
– À quel propos ? demanda Hervé.
– Ils maîtrisent la situation.

Comme il l'avait prévu, Carpentiez fit le forcing pour réduire le score, n'y parvint pas et s'énerva. Les brutalités se multipliaient, sanctionnées maintenant par l'arbitre. Dany resta à terre et fut remplacé par Yann. Puis ce fut au tour de Juan, victime d'une agression. Bruno prit sa place.

– À ce train-là, on va finir à dix ! s'emporta Hervé.
– Détends-toi, conseilla Gio.
– J'admire votre calme !

L'entraîneur lui lança un regard ironique :
– Calme, moi ?

Il se crispa : Salim venait de réussir une parade magnifique lorsque Ramuz le poussa irrégulièrement à l'intérieur de la cage. L'arbitre infligea un carton jaune à l'ailier. Des cris furieux jaillirent des tribunes :

– Dehors ! Carton rouge !
– Carton rouge ! reprit Hervé.
– N'oublie pas qui tu es ! gronda Gio.

L'assistant se tut, ruminant sa fureur. L'entraîneur dissimula un sourire : s'il pardonnait un défaut, c'était bien l'excès de passion. Un péché de jeunesse dont il n'avait pas réussi lui-même à guérir.

Il frémit de nouveau : sur le dégagement de Salim, Gaël, à la lutte avec le stoppeur, venait de se défaire de son adversaire et de s'ouvrir le chemin des buts.

– Sur Gregory ! murmura l'entraîneur.

L'ailier, démarqué, appelait le ballon. Gaël l'ignora et choisit Jérôme. En voulant centrer, celui-ci rata son tir. Surpris, l'arrière droit de Carpentiez repoussa maladroitement le ballon, qui atterrit dans les pieds de Gregory. L'attaquant reprit et trompa le gardien. 3 à 0.

Fou de joie, le buteur exécuta une série de sauts périlleux avant d'être empoigné et soulevé par ses coéquipiers :

– Super Greg !

– Superman !

Dans la tribune, les quelques fanatiques de Miraval faisaient du bruit comme cent. En entendant l'arbitre siffler la fin du match, ils envahirent le terrain. Gio, sidéré, reconnut les supporters :

– Kamel ? Qu'est-ce que tu fais là ? Toi aussi, Laurent ?

Puis son regard rencontra le visage souriant de Philippe Moreau.

– Je ne devais pas rester enfermé dans mon bureau, c'est bien ce que vous m'avez dit ?

– C'est exact.

– Je vous ai amené quelques fans.

– Je vois.

Laurent félicitait Gregory. Kamel plaisantait avec Salim. David se penchait sur McKenzie. Gio sourit, approbateur :

« Ces garçons-là sont faits pour jouer ensemble ! »

– Impossible ! répéta Moreau.

Gio abattit le poing sur le bureau du directeur :

– Vous n'avez que ce mot-là à la bouche ! Puisque je vous dis que c'était un accident ! J'ai discuté avec les deux équipes. Les joueurs ne demandent pas mieux que de s'entraîner ensemble.

– La décision ne dépend pas d'eux.

– Au lieu d'être une source de complications, le rapprochement d'éléments aussi différents est bénéfique. Arcadier apprend à jouer, et Miraval à se battre.

Moreau fit la moue :

– Ça, pour se battre…

Gio ignora la plaisanterie :

– Vous étiez à Carpentiez, vous avez vu mes cadets. Ils étaient méconnaissables, vifs, combatifs. Les vôtres ne rêvent que d'une chose : les imiter.

Moreau se leva et se mit à marcher le front baissé, le visage tourmenté, les mains nouées derrière le dos, murmurant comme pour lui-même :

– Si je pouvais…

– Vous m'avez fait venir contre mon gré, et maintenant que nous sommes en passe de réussir, vous renoncez !

– Je ne pouvais pas prévoir ! Vous n'imaginez pas les pressions auxquelles je suis soumis. S'il arrivait un accident…

– Pourquoi envisager le pire ?

– Je ne suis pas seul : le juge lui aussi est sur la sellette.

Le regard de Gio s'assombrit :

– Je déteste la politique quand elle se borne à la démagogie.

– Comme je vous comprends !

– Si nous renonçons à jumeler l'entraînement de nos équipes, je devrai sacrifier l'une des deux, vous le savez ?

Moreau s'arrêta et posa une main amicale sur l'épaule de l'entraîneur :

– Inutile de me préciser laquelle.

– C'est trop bête ! s'emporta Gio. Je vous laisse imaginer leur déception : on a fait naître un rêve, et quand ils commencent à y croire, on leur dit : « Stop ! redescendez sur terre ! »

– C'est ce qu'on leur dit depuis leur enfance, soupira Moreau. Si vous voulez, je leur annoncerai la nouvelle en précisant que vous n'y êtes pour rien.

Gio refusa d'un geste péremptoire :

– C'est à moi de le faire. Mais je n'ai pas dit mon dernier mot.

– À quoi pensez-vous ?

– Il faut que je mette de l'ordre dans mes idées. En attendant, j'ai d'autres problèmes à résoudre.

– Si je peux vous aider…

L'entraîneur regarda Moreau avec sympathie :

– Pourquoi pas ?

Dans le cadre de son activité à la SME, Gio devait se rendre à Londres. Or, la date de ce voyage coïncidait avec celle du match Miraval-Vareilles. Renoncer au déplacement était aussi fâcheux que d'abandonner son équipe le jour où elle allait disputer la rencontre la plus importante de la saison.

Il se leva.

– Vous partez déjà ? s'étonna Moreau. Dites-moi au moins de quoi il s'agit.

Gio sourit :

– Rien ne presse… sauf l'entraînement de nos jeunes guerriers !

Le concert de plaisanteries qui accueillit l'entraîneur sur le terrain d'Arcadier n'était pas très différent de celui auquel il avait droit, d'ordinaire, à Miraval :

– Petite équipe, Carpentiez !

– Des bestiaux !

– Rien dans la tronche.

– Arcadier, ça, c'est du sérieux.

– Du coriace !

César Ruiz renifla avec mépris :

– L'arbitre était vraiment pourri !

Gio ne put cacher son étonnement :

– Tu étais là ? Je ne t'ai pas vu !

– Et comment que j'y étais !

– Tu parles ! ricana Laurent. Il était de corvée de poireaux.

– Je bêchais le potager, grommela César. Tout ça à cause d'une œuvre d'art.

– Il a tagué le bureau du directeur, s'esclaffa Salim.

Gio réprima un sourire :

– Je vois. Je parie que tu aimes mieux jouer que voir jouer les autres.

– Comme tous les champions !

– Bêcheur ! gloussa Gaël.

– Moi, j'aimerais bien jouer en championnat,

soupira David avec mélancolie. Vous croyez que j'y arriverai, un jour ?

– Pourquoi pas ? En attendant, on va caresser le cuir, dit Gio.

L'expression fit sourire les joueurs.

– Mon grand-père avait un ballon en cuir, dit Luc.

– Il était footballeur ? demanda Gio.

– Non, cordonnier.

Le défenseur regarda ses coéquipiers pris de fou rire sans comprendre ce qui motivait leur bonne humeur. Gio les rappela à l'ordre. Négligeant le footing traditionnel, il les soumit à des exercices d'assouplissement et de musculation, suivis d'un entraînement technique par petits groupes.

Au bout de trois quarts d'heure, il s'interrompit et annonça :

– Place au sixte ! Mais avant le match j'ai une surprise pour vous.

– Agréable ? demanda Gaël.

– Je veux, oui ! s'exclama Kamel. C'est mon anniversaire !

Nick lui ébouriffa les cheveux :

– Douze ans, déjà !

– Toi, Éric, viens m'aider, dit l'entraîneur.

Ils gagnèrent le parking et en revinrent les bras chargés de cartons. Ceux qui avaient commencé à s'exercer délaissèrent leur ballon pour se presser autour des paquets. Gio ouvrit le premier et en sortit un short noir.

– Nos tenues ? souffla Kamel.

– Ça déchire ! rugit Nick en plaquant la chemise satinée sur son torse.

Yandé prit un air émerveillé :

– Tu as l'air d'un arbitre !

– D'un Milanais, tu veux dire ! Noir et rouge !

– Et ça ? demanda Jérémy en montrant l'écusson imprimé sur la tunique.

– C'est l'emblème d'Arcadier, dit Gio.

David, qui s'était absenté pendant la distribution, s'inquiéta :

– Il y en a pour tous ?

L'entraîneur ouvrit le dernier carton :

– En principe. Essayez les tailles. Yandé, ton maillot est trop grand. Le tien, trop petit, Anderson.

Ils s'étaient débarrassés en vitesse de leurs vieilles tenues pour enfiler les nouvelles. Gio les inspecta avec une moue approbatrice :

– De vrais pros !

– Ça doit coûter un max ! s'exclama Salim.

– Rien n'est trop beau pour les champions. C'est Starlight qui finance.

– Le sponsor de l'équipe du Brésil ? fit David, médusé.

L'entraîneur sourit :

– Lui-même. C'est le moment de prouver que vous êtes à la hauteur de votre réputation.

Il les répartit en deux camps et les regarda évoluer, joyeux comme des mômes un soir de Noël. Il s'était attaché à eux. Comment leur annoncer qu'il allait devoir les abandonner ?

MIRAVAL
1:5

Sans le bruit de la querelle, Gio n'aurait jamais eu la curiosité d'examiner l'intérieur du bistrot. C'était un petit établissement, logé entre deux anciennes maisons du quartier des Salins, le café d'Orient.

Deux adolescents furieux en venaient aux mains, malgré les supplications d'une serveuse en tablier blanc. Gio identifia Marco à ses cheveux longs et au T-shirt *Texas Ranger* qu'il affectionnait. L'adolescent, qu'il avait jugé pacifique et fair-play jusqu'à l'incident d'Arcadier, était décidément du genre violent. Il avait courbé son adversaire sur une table et le tenait à la gorge.

En voyant le décor : la chaise renversée, les tasses brisées, la serveuse impuissante et le patron un téléphone à la main, déterminé à alerter la police, Gio décida d'intervenir.

– Que se passe-t-il ? Encore toi ?

Il empoigna Marco par le col de sa chemise et le souleva, le forçant à lâcher prise. L'adolescent se retourna vers son agresseur avec rage. En reconnaissant Gio, il marmonna d'un air mauvais :

– Ça vous regarde ?

Cependant, l'entraîneur se désintéressait de lui pour examiner son adversaire, sa chemise déchirée et sa lèvre en sang.

– David ?

– Monsieur.

Pris de soupçon, Gio demanda :

– Que fais-tu ici à cette heure ?

– J'avais rendez-vous.

L'air embarrassé de l'adolescent prouvait qu'il était en situation irrégulière.

– On t'a autorisé à sortir ?

David haussa les épaules. Son regard glissa vers une jeune fille en larmes. Gio fronça les sourcils. Il était facile de deviner la situation : la jeune fille était ravissante et les garçons devaient tous deux en être amoureux. Rivaux, ils réglaient leurs comptes au café d'Orient comme ils l'avaient fait sur le terrain.

– Yseut ? Vous pouvez m'expliquer ce qui se passe ?

Marco devança la protestation de la jeune fille :

– Ce pourri n'a rien à faire ici avec ma cousine !

Gio s'adressa à Yseut :

– Il t'ennuie ?

– David, non ! dit la jeune fille avec véhémence. C'est Marco. Il veut toujours faire la loi. Il s'imagine qu'il a des droits sur moi !

– Tes parents m'ont chargé de te surveiller.

– Il ment ! s'indigna Yseut. Tu rapportes n'importe quoi à mon père, tout ça parce que tu es jaloux !

– Jaloux, moi ! ricana Marco. De qui ? De ce minable ?

David serra les poings :

– Minable toi-même ! Jusqu'ici, je t'ai épargné parce que tu étais son cousin. Mais si tu insistes…

L'entraîneur s'interposa entre les deux enragés, décidés de nouveau à en venir aux mains :

– Suffit ! Toi, Marco, tu vas me faire le plaisir de vider les lieux. Un conseil : viens à l'entraînement si tu veux jouer contre Vareilles.

– Je suis suspendu, non ? gronda le défenseur.

– J'avais précisé : jusqu'à ce que tu me dises

la raison de votre bagarre. Maintenant, je la connais.

Marco lança un regard hargneux à son rival :

– Et lui, pourquoi il reste ?

– Il s'en va, lui aussi, coupa Gio. Je le ramène à Arcadier.

Cependant, le défenseur ne se décidait pas à sortir le premier. L'entraîneur lui montra la porte :

– Qu'est-ce que tu attends ?

Marco sourit avec insolence, tourna le dos et gagna la sortie. Devant le comptoir, le patron du café lui lança :

– Je ne veux plus jamais te revoir.

Gio s'adressait maintenant à David :

– Tu es sorti du centre sans autorisation, n'est-ce pas ?

L'adolescent se contenta de baisser la tête.

– Tu sais ce que tu risques ?

– Il fallait que je parle à Yseut.

– C'est ma faute, chuchota la jeune fille. Je lui ai demandé de venir…

– Ne la croyez pas : je suis allé l'attendre à la sortie du lycée. Elle ignorait que j'étais là.

Gio lui tendit ses clés :

– Ma voiture est garée au parking des Lices. Va m'attendre à l'intérieur.

David regarda Yseut avec un sourire désolé, puis il obéit. Gio désigna une chaise à la jeune fille :

– Assieds-toi et explique-moi ce que tu fais avec ces deux forcenés.

– Nous nous aimons, murmura-t-elle. Je veux dire David et moi.

– Et Marco ?

– Lui, je le déteste. Sous prétexte de me protéger, il m'espionne, il fouille dans mes affaires, il lit mes lettres.

Elle se remit à pleurer. Gio se radoucit :

– Tu l'ignores, peut-être, mais David s'est rendu coupable de plusieurs délits. Il est dans un centre d'éducation à la suite d'une décision judiciaire. Tes parents ont des raisons de s'inquiéter, tu ne penses pas ?

Yseut se mordit les lèvres :

– Je sais que David a commis des erreurs. Mais il est gentil. Gentil et généreux. Il m'a promis d'être sérieux, de reprendre ses études. Il faut me croire !

– Je te crois. Mais lui ? Il a pris de bonnes résolutions parce qu'il est amoureux.

– C'est important, l'amour, dit la jeune fille avec passion.

Gio approuva en souriant :

– Tu as raison. Je verrai ce que je peux faire pour David. En attendant, il faut que je le reconduise au centre. Si on s'aperçoit de son absence, il risque d'être transféré dans un établissement plus sévère. Tu ne le reverrais pas de sitôt. Le mieux, pour vous deux, est de cesser provisoirement de vous rencontrer. Si sa conduite est exemplaire, le juge abrégera sa peine. Évite les rendez-vous clandestins. C'est la plus belle preuve d'amour que tu peux lui donner.

– D'accord.

Elle avait pris une petite voix. Il pensa : « Ce n'est qu'une gosse ! » Elle lui rappelait sa fille au même âge, si jeune et pourtant si avisée. Il lui fit la bise, redressa la table, paya les consommations et la vaisselle brisée.

David l'attendait dans la voiture. Pendant le trajet de Miraval à Arcadier, ils n'échangèrent pas une parole. Visiblement, le garçon souffrait d'avoir quitté Yseut. À présent, il devait regretter son imprudence et redouter les sanctions qu'il avait encourues.

Au centre, il sourit avec effort :

– Merci de m'avoir raccompagné.

– Attends, nous allons chez le directeur, dit Gio.

David eut un regard amer. L'entraîneur allait faire son rapport, c'était juste. Ce qui allait arriver, il l'avait mérité. Il suivit Gio jusqu'au bureau de Philippe Moreau. Il ne se révolterait pas, même si on devait le séparer d'Yseut. Il l'aimait, mais il ne la méritait pas. Un voyou, c'est ce qu'il était. Son cousin avait raison !

– M. Moreau va vous recevoir.

La secrétaire dévisageait David d'un air sévère. Gio poussa l'adolescent dans le bureau. Philippe Moreau, qui s'était levé pour les accueillir, fronça les sourcils :

– Un problème ?

– J'ai besoin de David, dit Gio.

– Besoin ? répéta le directeur, dérouté.

– Dimanche prochain, Miraval rencontre Vareilles, premier du championnat, expliqua l'entraîneur. Avec huit forfaits, blessés ou malades, je n'ai pas assez de joueurs. Il me faut un avant-centre, un milieu offensif et un libero. David, Kamel et Yandé.

Moreau le regarda comme s'il avait perdu la tête :

– Voyons, c'est impossible, vous le savez bien.

Gio tira trois licences de sa poche et les déposa sur le bureau. Le directeur examina les documents comme s'il vérifiait leur authenticité.

– Si vite ? Comment avez-vous fait ?

– J'ai mes entrées à la fédération.

– Et ces photos ?

L'entraîneur regarda David d'un air ironique :

– On en trouve dans tous les bons commissariats.

David ouvrait des yeux effarés, n'osant croire à son bonheur. Moreau secoua la tête comme un animal qui s'ébroue :

– Je suppose que vous avez pensé aux conséquences : la réaction des officiels, le président du club, le maire, l'adjoint…

Gio sourit avec férocité :

– Contrairement à un conseil municipal, sur un terrain de foot, l'unique hiérarchie est celle du talent. Ce match, je veux le gagner. Pas toi ?

La question s'adressait à David.

– Si, bien sûr, balbutia l'adolescent.

– Il ne manque qu'un détail.

– Lequel ? demanda Moreau.

– Votre autorisation.

– Parce que vous vous souciez de mon avis ? bougonna le directeur.

Gio fit un clin d'œil à David :

– Il faut respecter la loi !

Ils s'étaient entraînés tous ensemble, certes, mais on ne formait pas une équipe en quelques heures.

– On est onze, c'est déjà ça, fit remarquer Ray.

Marco resta silencieux. Il n'avait pas dit trois mots depuis sa réintégration. Il se bornait à faire ce qu'on lui ordonnait, et il le faisait bien. Pendant le match de sixte, il avait muselé l'attaque adverse à lui tout seul. Connaissant la rivalité qui l'opposait à David, les autres avaient guetté sa réaction. Ils en furent pour leurs frais.

– Il aurait pu éviter de le nommer à la place de Scotch, insista Ray.

Juan lui lança un regard ironique :

– Tu as un autre candidat ?

– Bruno, par exemple.

Gaël leva les yeux au ciel :

– Bruno n'a jamais marqué un but de sa vie !

– David non plus, du moins en championnat.

Gaël s'interrompit pour empêcher le ballon de sortir du terrain. Les joueurs s'échauffaient depuis vingt minutes, et les Vareillans ne daignaient toujours pas faire leur apparition.

– Ils jouent les stars ! râla Juan.

Gaël effectua un tir tendu, repoussé du poing par Salim. Kamel récupéra la balle d'un coup de patte, dribbla Luc et se présenta devant le gardien. Celui-ci plongea. Kamel escamota le ballon. Au lieu de le pousser dans les filets, il le souleva du bout du pied et l'expédia sur la tête de Ray.

Sur le banc de touche, Hervé examinait la liste des joueurs. Si le retour de Marco avait permis de reconstituer le trio défensif, le reste de l'équipe était plus aléatoire. Yandé remplaçait François, Kamel jouait à la place d'Alban, et David évoluait à la place de McKenzie. L'assistant n'avait jamais vu en action ces trois éléments douteux tirés d'un centre d'éducation. Gio devait savoir ce qu'il faisait. Le savait-il vraiment ?

Comme s'il lisait dans les pensées d'Hervé, Fabre, l'entraîneur de Vareilles, vint s'asseoir à côté de lui.

– Vous avez l'air perplexe, constata-t-il.

– Forcément, avec un adversaire comme vous !

– Gio, encore lui ! Sacré renard ! Qu'est-ce qu'il nous a réservé, cette fois ?

– Vous parlez des trois nouveaux joueurs, je suppose ? Leur présence n'est pas contraire au règlement.

– N'empêche qu'il essaie de nous déstabiliser.

– Avec vos cinq points d'avance, vous êtes bien accroché à la première place !

– Je veux la conserver !

Ils se turent pour regarder les Vareillans, en maillots vert et noir, faire leur entrée. Ils étaient moins impressionnants que les Carpentiérains, mais il ne fallait pas s'y fier. Sur le terrain, Gaël commentait leur apparition :

– Le rouquin, c'est l'avant-centre, Gilbert.

– Tu le connais ? demanda Luc.

– On était ensemble à Sainte-Foi, la maternelle. Il a grandi, depuis. Je connais aussi le gardien, Giralda. Un vrai crack !

– L'ailier droit, c'est Colin, intervint Yandé. C'est un rapide et un teigneux.

– Tu as joué contre lui ? s'étonna Ray.

– Pas au foot ! ricana le libero en cognant ses poings l'un contre l'autre.

Luc désigna un joueur qui jonglait adroitement avec le ballon :

– Et le grand maigre, là-bas ?

– Faris, peut-être, suggéra Juan.

Gaël secoua la tête :

– Non, Faris, c'est le libero. Il est plus costaud.

– Il faut jouer très haut, rappela Salim.

– Avec un mec comme Colin, c'est risqué, dit Yandé.

– Ce sont les consignes de Gio.

Le libero fit signe qu'il s'en lavait les mains et regarda les deux capitaines s'entretenir avec l'arbitre au centre du terrain. Malgré son air indifférent, il était fier de porter le maillot bleu, tout comme Kamel et David.

Il avait gelé pendant la nuit. L'air était vif ; le terrain dur, comme souvent en hiver. Le public se réchauffait en tapant des pieds, faisant résonner les gradins de bois. Gio observait ses joueurs avec attention. Il avait serré la main de Marcelin Fabre d'un air distrait. L'autre, un Provençal volubile et chaleureux, s'était vexé.

Gio avait autre chose en tête. Ses joueurs appliquaient ses consignes. Les défenseurs évoluaient à trente mètres des buts de Miraval. « Un peu trop haut », pensa-t-il. Au même instant, une combinaison de l'équipe adverse lança Lorca, l'ailier gauche. L'homme en noir leva son drapeau :

– Hors-jeu !

Il s'en était fallu d'un rien. L'attaque de

Vareilles était beaucoup plus rapide qu'il ne l'avait imaginé.

Marco plaça le ballon et dégagea au-delà de la ligne médiane. Jérôme contrôla de la poitrine, pivota et s'élança le long de la touche. Dix mètres plus loin, victime d'un contre, il perdit le ballon. « Trop nerveux ! » pensa Gio.

Au centre, la balle courait d'un adversaire à l'autre. Elle parvint en retrait au libero, qui expédia un long tir ascendant vers ses avants. Colin démarra en trombe. Cette fois, il n'était pas question de hors-jeu. Salim fonça et réussit à botter en touche à quelques centimètres de l'ailier. Les deux joueurs se heurtèrent en pleine course. Colin repoussa le gardien d'un geste hargneux. L'arbitre fut obligé de séparer les deux joueurs qui échangeaient injures et menaces.

– Un vrai tigre, je t'avais prévenu, plaisanta Yandé. Mais on va lui mettre une muselière pour l'empêcher de mordre.

Tout en disant cela, le défenseur écartait d'un bras robuste l'ailier rouge de fureur.

La touche permit à Gilbert de s'emparer du ballon. Après avoir dribblé Ray, l'avant-centre s'ouvrait le chemin du but lorsqu'il se heurta à Yandé. Le libero lui subtilisa le ballon et le passa à Marco. L'arrière monta balle au pied, franchit la ligne médiane. Attaqué par Faris, il glissa à Kamel.

– Oui, murmura Gio.

Kamel crocheta deux adversaires, servit Gregory qui lui remit le ballon. Le milieu de terrain s'effaça. Gaël reprit et ouvrit sur David. L'avant-centre touchait le ballon pour la première fois. D'une feinte de corps, il mystifia le libero, récupéra le ballon, et frappa de l'extérieur du pied gauche. Le gardien était battu. La balle courut le long de la ligne avant de finir en sortie de but à quelques centimètres du montant droit. Le public manifesta sa déception avant d'éclater en applaudissements. Après vingt minutes de jeu, Miraval était à égalité avec le leader.

Sur le dégagement du gardien, Parisi, le milieu de soutien, prolongea de la tête pour Colin, qui évita la touche et centra pour Gilbert. Ray tenta d'intercepter l'avant-centre. Celui-ci le dribbla et fonça vers les buts. Il atteignait les dix-huit mètres lorsque Marco le tacla. Les pieds du défenseur touchèrent la cheville de Gilbert. Déséquilibré, celui-ci tomba à l'intérieur de la surface. L'arbitre siffla :

– Penalty !

Les spectateurs, estimant la sanction injustifiée, huèrent l'arbitre.

– Pas de bol ! grommela Luc.

– Dix euros qu'il le rate ! ricana Ray.

Gilbert plaça son ballon, recula et attendit. Le public sifflait.

– Tenu ! fit Gaël.

Au signal, l'avant-centre tira en finesse. Salim plongea du bon côté. Il effleura le ballon sans pouvoir l'empêcher de pénétrer dans les buts. Il frappa le sol d'un poing rageur. 1 à 0.

Les supporters continuaient à huer l'arbitre. Les Vareillans se congratulaient.

– Du calme ! dit Gio.

Gaël engagea sur Juan, qui se défaussa sur Ray. Parisi intercepta la passe trop courte. Libérés par leur but inespéré, les Vareillans se mirent à jouer à un rythme affolant. Parisi servit Gilbert, qui renversa le jeu sur Colin. L'ailier se débarrassa adroitement de Ray et passa en retrait à Faroud, le milieu offensif, qui lança son ailier gauche. Juan voulut intercepter et manqua le ballon.

– Ils s'affolent ! gronda Hervé.

La balle courait le long de la touche. L'ailier la bloqua. Il évita le tacle de Marco, obliqua vers le centre et fut contré par Yandé. Le ballon atterrit dans les pieds de Ray, qui prolongea sur Kamel. Le milieu crocheta Parisi, dribbla un autre adversaire et servit Jérôme. En pleine course, l'ailier centra. David reprit de volée à un mètre du sol. Le tir tendu surprit Giralda et acheva sa course dans les filets. 1 à 1.

Un silence de stupeur suivit la volée foudroyante. Puis le stade se leva en hurlant tandis que les joueurs enfermaient le buteur dans un tourbillon joyeux :

– Cannonball !

– Magique !

David riait. Soudain, il n'y avait plus d'intrus, dans l'équipe, mais une bande d'amis grisés par le même enthousiasme.

L'arbitre ne tarda pas à siffler la fin de la première mi-temps.

– Doué, ce petit ! commenta Hervé.

Gio, qui avait noté les réticences de son assistant, lui lança un regard sarcastique :

– Un voyou, tu imagines ?

– Belle équipe ! dit Gio.

Juan leva les bras :

– La meilleure !

– Je parlais de Vareilles.

Les joueurs regardaient leur entraîneur, ne sachant s'il était sérieux, jusqu'à ce qu'ils surprennent dans ses yeux la lueur moqueuse qui leur était familière. Oui, il plaisantait ! Luc renifla avec mépris :

– On va vous les ratatiner, vos champions !

– C'est possible, mais restez vigilants. Jusqu'à maintenant, vous les avez empêchés de développer leur jeu. Ils vont changer de tactique, attaquer à outrance.

– On se replie ? demanda Marco.

– Surtout pas. Continuez à porter le jeu à vingt ou trente mètres. Mais surveillez vos adversaires de près. Gilbert, Colin et Faroud. Ne leur laissez pas dix centimètres de liberté. Toi, Salim, tu dois te positionner en libero. Anderson sera devant toi. Le combat aura lieu au centre.

Ils piétinaient, nerveux, impatients de continuer à jouer. Gio réprima un sourire. Il connaissait bien cette fièvre.

– Ce match est décisif. Si vous l'emportez, vous aurez pris une option sur le titre. Si vous perdez, vous pourrez lui dire adieu. Vareilles aura huit points d'avance. C'est une grande équipe, dans tous les sens du mot. En comptant les remplaçants, ils sont vingt-deux. Je n'ai jamais vu pareille réserve. Aujourd'hui, vous êtes douze. Vous n'avez pas le droit à l'erreur. Mais vous avez joué d'une façon magistrale. Vous êtes vraiment les meilleurs.

Le sifflet de l'arbitre interrompit son éloge. Les joueurs souriaient. David était déjà en position. Ce match était pour lui une chance, une occasion inespérée de prouver qu'il valait mieux que la réputation de délinquant qu'on lui collait depuis le jour où il était parti de chez lui, révolté par les mauvais traitements de son père. Pendant presque deux ans, il avait vécu de vols et de méfaits qu'il regrettait. Le foot était pour lui le moyen d'oublier ces cauchemars et de se racheter aux yeux d'Yseut.

Gaël engagea et passa en retrait à Kamel. Attaqué par Parisi, le milieu couvrit sa balle et alerta David, parti à la limite du hors-jeu. L'avant-centre ébaucha une attaque et se défaussa sur Gregory. L'arbitre leva son drapeau :

– Hors-jeu !

David leva le bras en signe d'excuse : « Trop tard, la passe ! »

Le coup franc de Faris trouva Faroud, qui trompa Juan et s'enfonça dans la défense de Miraval. Une longue passe transversale aboutit dans les pieds de Colin. L'ailier droit distança Luc, trompa Yandé et se présenta seul devant Salim. La foule retint son souffle. Colin fusilla le gardien, qui repoussa une première fois.

– Génial, le réflexe ! s'exclama Hervé.

Le ballon revenait en jeu. Anderson manqua son dégagement. Gilbert récupéra avec adresse et tira à bout portant. Cette fois, Salim s'inclina. 2 à 1.

– Ne baissez pas les bras ! gronda Gio.

Hervé tendit l'oreille au milieu des cris de la foule :

– Qu'est-ce que vous dites ?

L'entraîneur le regarda d'un air absent. Il était sur le terrain, en pensée, parmi ses cadets, partageant leur déception et leur rage. Il engageait avec Gaël, résistait à la charge de Parisi, fonçait à côté de Gregory. Il s'émerveilla : Kamel, survolté, venait d'exécuter une série de dribbles étourdissants, semant la panique dans la défense de Vareilles. Le milieu lança David, qui parcourut vingt-cinq mètres balle au pied. Au moment où l'avant-centre armait son tir, Faris le faucha. L'arbitre se précipita et brandit un carton jaune, puis il accorda un coup franc à une vingtaine de mètres de la cage de Giralda.

David se releva et tendit sportivement la main à son adversaire. Le public, qui huait le libero, applaudit le geste. L'avant-centre se tourna vers Gaël :

– À toi, l'honneur !

Le milieu de terrain secoua la tête :

– Tu peux y aller, mec.

Le mur de Vareilles avait du mal à se former. Giralda criait pour déplacer les joueurs :

– À droite. Faris, à droite !

David attendait, bras croisés, un pied sur le ballon. L'arbitre faisait reculer les Vareillans, qui remontaient sans cesse.

– Ils gagnent du temps ! grommela Hervé.

Gio hocha la tête :

– Ils ont tort !

Le mur s'aligna enfin. David vit l'espace : dix centimètres entre deux défenseurs. Au signal, il visa la brèche. Le ballon, dévié de sa trajectoire par un mollet, trompa le gardien. 2 à 2.

Gregory leva les bras :

– Génial !

– Du billard !

– Du grand art !

Le cri d'Hervé se fondit dans les hurlements de la foule. Il ajouta à l'oreille de Gio :

– On l'a trouvé, notre buteur !

– On a trouvé bien davantage, dit l'entraîneur.

– L'énergie ?

– La confiance. Regarde-les !

Les joueurs regagnaient leur place en plaisantant. Gio fit signe à Marco de monter en attaque. L'arrière, rapide et robuste, ne semblait pas éprouvé par ses duels de première mi-temps. « Ce gamin est une forte tête, mais c'est un élément précieux », songea l'entraîneur avec un sentiment proche de la tendresse.

Miraval attaquait lorsque, sur un contre chanceux, Parisi démarqua Faroud. Le tir fulgurant de l'attaquant passa au-dessus de la transversale. Hervé siffla entre ses dents :

– Ça décoiffe !

Salim prit tout son temps pour récupérer le ballon, le placer, le déplacer, prendre de l'élan, se baisser pour rattacher sa chaussure. Les Vareillans protestèrent auprès de l'arbitre qui rappela le gardien à l'ordre.

Salim se releva avec un geste d'excuse, fonça

sur la balle, la toucha du bout du pied, la saisit à la main et l'expédia à Marco. L'arrière remonta le terrain en longues foulées. Les Vareillans, massés au centre, le laissaient progresser. Il franchit la ligne médiane, poursuivit sa course, puis centra. David contrôla de la poitrine, effaça le libero et shoota. Son tir, magnifique, ne laissa aucune chance au gardien.

– But !

Le hurlement du public fit résonner le stade. Les joueurs en délire se jetèrent sur le buteur :

– Fantastique !

– Géant !

Ils escortèrent David jusqu'au centre. Des supporters scandaient son nom :

– David ! David !

– Déjà célèbre ! gloussa Gaël.

– Huit minutes ! Tenez bon ! murmura Hervé en serrant ses poings de rugbyman.

Tentant le tout pour le tout, les Vareillans se ruaient à l'attaque. À l'exception de Faris, tous les joueurs étaient dans le camp de Miraval. Colin voulut écarter Yandé et se retrouva à terre, dépossédé du ballon. Furieux, il se releva et cisailla le libero. Yandé tomba en bloquant la balle à la manière d'un gardien. L'arbitre sanctionna l'ailier :

– Coup franc !

Il restait cinq minutes à jouer. Miraval menait

toujours 3 à 2. Les Vareillans s'agitaient nerveusement. Yandé, lui, prenait son temps. Il prit son élan, s'arrêta pour signaler que Colin n'était pas à bonne distance. L'arbitre fit reculer l'attaquant fou furieux.

Le libero dégagea enfin. Kamel effectua un bel amorti, évita un adversaire et talonna pour Gaël. Le milieu de soutien lança Jérôme. L'ailier gauche, aux prises avec Faris, réussit à centrer. L'arrière manqua son dégagement. David plongea, reprit de la tête et logea le ballon dans les filets. 4 à 2 !

Le public se dressa comme un seul homme.

– David ! David !

Les acclamations recommençaient. David, couché sur la pelouse et submergé par la meute de ses coéquipiers, sentait ses larmes l'aveugler. Quatre ! Il avait marqué quatre buts. Grâce à lui, Miraval avait terrassé le leader. Il regagna sa place comme dans un rêve. Puis l'arbitre siffla la fin de la rencontre. Les spectateurs envahirent le terrain. Certains le serraient dans leurs bras. La plupart ignoraient d'où il venait. Mais le jeune champion n'avait plus honte de sa condition.

À peine délivré de l'enthousiasme des supporters, il se trouva face à Marco. Les deux adolescents s'évitaient depuis une semaine. Là, ils se dévisagèrent un long moment d'un air sombre. Puis le défenseur s'approcha le premier et serra

David dans ses bras en lui administrant de grandes claques dans le dos.

– Bougre de…

– Espèce de salopard !

Ils s'insultaient en riant sous les yeux satisfaits de l'entraîneur. Comme il se retournait pour prendre Hervé à témoin, Gio aperçut Yseut, qui applaudissait sans oser pénétrer sur le terrain. Le visage de la jeune fille était tout humide de larmes. L'entraîneur ne put s'empêcher de la taquiner :

– Toutes les fois que je te rencontre, tu es en larmes. C'est une manie !

– C'est votre faute, dit-elle en souriant.

Il fronça les sourcils :

– Ma faute ? Comment ça ?

Elle montra le terrain :

– C'était merveilleux !

– C'est une raison pour pleurer ?

– On ne pleure pas seulement de chagrin, vous savez.

Yseut sécha vivement ses larmes et sourit à David qui venait à sa rencontre. Lorsqu'il ne fut plus qu'à quelques mètres, elle murmura avec un signe éloquent :

– Mon père est là.

Il s'immobilisa et lui sourit :

– Toi aussi !

Gio remarqua alors, dans les yeux de l'adolescent, un éclat inhabituel : celui du bonheur.

MIRAVAL 1:8

Avant de se rendre à la SME, Gio courait environ trois quarts d'heure tous les matins. Sa piste favorite parcourait les collines de Béroul, à l'ouest de Miraval. Au retour, il s'arrêtait au club, quittait sa tenue de jogging, se douchait et endossait un costume.

Ce matin-là, en sortant des vestiaires, les cheveux encore humides, il fut étonné de rencontrer Sébastien Duval.

– Vous êtes bien matinal ! s'étonna-t-il.

– Vous aussi.

– Je dors peu, une vieille habitude.

– Je ne vous dérange pas, j'espère ?

L'entraîneur regarda l'adjoint sans aménité. Oui, il le dérangeait. Apparemment, il était venu au stade pour discuter avec lui. Or, après deux jours d'absence, des dossiers urgents attendaient Gio sur son bureau.

– Vous avez lu la presse de ce matin ? lui demanda Duval avec un petit sourire.

– J'arrive de Londres, soupira l'entraîneur. Je suis rentré chez moi en pleine nuit, et j'avoue que la lecture des journaux n'est pas ma priorité !

Le sourire de l'adjoint s'épanouit :

– C'est regrettable !

Il lui tendit un paquet de journaux. Gio le prit contraint et forcé :

– Si c'est pour m'informer que j'ai peuplé la noble équipe de Miraval de terribles délinquants, vous perdez votre temps.

– Je vous conseille l'interview du maire dans *La Provence*, dit Duval en riant de bon cœur. Page cinq.

– Le grand homme s'intéresse au foot, maintenant ?

– Plus que jamais !

– Vous croyez sans doute aux miracles. Ce n'est pas mon cas.

Gio consulta sa montre.

– Je dois vous quitter, je suis très en retard. Je lirai ça plus tard, nous en discuterons…

L'adjoint approuva en souriant :

– Avec plaisir. Votre voyage s'est bien passé ?

– Je crois. Nous devons créer une filiale à Londres. En raison de mes relations, j'ai été chargé des négociations. On me propose de diriger la nouvelle société.

– Vous quitteriez Miraval ?

– Ça résoudrait vos problèmes, non ? répliqua l'entraîneur avec une ironie grinçante.

– Pour ma part, j'en serais désolé.

« Excellent comédien ! » se dit Gio devant la mine consternée de l'adjoint.

Sitôt entré dans son bureau, le travail l'accapara. Il déposa les journaux dans un coin et les oublia. Vers cinq heures du soir, il eut enfin un peu de répit. Ses réunions et ses rendez-vous s'étaient enchaînés à un tel rythme qu'il n'avait pas eu le temps de déjeuner. Il songeait à commander un sandwich et un café lorsque son bras droit, Gérald Lorin, entra dans son bureau avec une mine réjouie.

– Alors, c'est la gloire ?

– Pas encore, soupira Gio. Les Anglais n'investissent pas aussi facilement. Et les loyers, à Londres, sont prohibitifs. Mais, à part ces détails matériels, ça se présente à merveille.

– Qui te parle de Londres ? s'exclama Lorin. Je faisais allusion à ta fameuse équipe !

Il montra les journaux que Gio n'avait pas encore ouverts.

L'entraîneur acquiesça :

– Mes minots se sont battus comme des lions !

– Ne fais pas le modeste : c'est de toi qu'il s'agit. Ton expérience…

– Mon expérience ?

Il prit les journaux et les déplia. L'information se trouvait en première page : « Le foot, une deuxième chance. » « L'heureuse initiative d'un entraîneur. » « Victoire contre la violence. » Les titres étaient élogieux ; les articles plus encore.

– Le maire te couvre de fleurs, dit Lorin. Parti comme ça, tu as ta place dans le prochain conseil municipal !

Gio empoigna le bord de son bureau avec tant de force que ses phalanges craquèrent. Le maire de Miraval louait l'expérience tentée par son entraîneur. Il avait, prétendait-il, encouragé vivement l'initiative audacieuse qui visait à réhabiliter de jeunes délinquants en les incorporant à une équipe brillante, en passe de remporter une fois de plus le championnat. Une belle victoire de plus !

– Faux derche ! grommela l'entraîneur.

– Qui ça ? Versigny ? Tu n'es pas satisfait ? s'étonna Lorin.

Gio hocha la tête, les yeux perdus vers la fenêtre ouverte sur les rives du Rhône.

– Si, en définitive. Sa manière cynique de tirer parti de la situation va me servir.

Il ne voulut pas en dire davantage. Mais, en début de soirée, il se rendit à Arcadier pour rencontrer Philippe Moreau. L'air soucieux de celui-ci surprit le visiteur.

– Vous avez lu la presse ?

– Oui, c'est intéressant.

La réponse manquait pour le moins d'enthousiasme.

– Comment ça, intéressant ? s'exclama Gio. C'est formidable ! Avec la bénédiction des médias et des pouvoirs publics, nous allons pouvoir former nos joueurs comme nous l'entendons.

– Cela ne dépend pas que d'un match, aussi glorieux fût-il, soupira Moreau.

– On voit que vous n'étiez pas au stade ! J'ai rarement vu…

– Gio, le coupa Moreau. David a de graves problèmes.

– David Kepel ? Des problèmes de quelle sorte ?

– Il a quitté le centre, volé une voiture, et ce n'est pas le pire.

– David ? s'exclama l'entraîneur consterné.

Il se laissa tomber dans un fauteuil et se frappa le front :

– Je ne comprends pas. Ça ne lui ressemble pas !

– Si, au contraire.

Moreau vint s'asseoir face à son visiteur et se frotta les yeux avec lassitude :

– Antoine Kepel, le père de David, est un homme violent, expliqua-t-il. Ses crises ont commencé après la mort de son épouse. Antoine Kepel s'est mis à boire, a perdu son emploi et sombré dans la déchéance. Il s'est défoulé sur son fils aîné. David est un enfant battu. De là proviennent ses fugues répétées, ses accès de désespoir et ses crises de révolte. On l'a placé dans une famille d'accueil, des gens bien, sans résultat : David n'a jamais réussi à s'habituer.

– Et puis Arcadier ! Ce n'était pas le meilleur remède, fit remarquer Gio.

– Je vous l'accorde. Cependant, on ne pouvait pas laisser cet enfant livré à lui-même. Il y avait des plaintes multiples. Le juge n'avait pas le choix.

L'entraîneur secoua la tête avec énergie comme s'il refusait de se rendre à l'évidence.

– Il avait l'air si bien, si équilibré, si confiant, si…

Il évita de dire « amoureux » pour ne pas le trahir.

– David a un jeune frère, Thierry, poursuivit Moreau. Jusqu'à présent, son père avait épargné l'enfant. Mais il s'en est pris à lui, comme autrefois à l'aîné. David l'a appris, je ne sais comment. La veille de sa fuite, un policier est venu l'interroger. Il avait besoin de son témoignage. Je suppose qu'il a évoqué les mauvais traitements infligés à Thierry. Bref, David n'a pas supporté l'idée que son petit frère, qu'il aime tendrement, subisse à son tour ce qu'il a lui-même enduré. Il a quitté le centre au cours de la nuit, a volé une auto, et s'est rendu à Lyon. Là, il a réglé ses comptes avec son père. Antoine Kepel est à l'hôpital.

– C'est lui, le père, qu'on aurait dû condamner, et depuis longtemps ! gronda Gio.

Moreau hocha la tête :

– Je suis de votre avis. Jusqu'à présent, le père n'avait jamais levé la main sur le plus jeune. Tout semblait aller pour le mieux. Il avait retrouvé un emploi. Il gâtait l'enfant. La police pensait que ses accès de violence provenaient d'une incompatibilité d'humeur entre le père et son fils aîné. Si la conduite du père est inqualifiable, celle de David était loin d'être exemplaire.

– Avec ce qu'il avait subi… Qui n'aurait pas réagi de la même façon, à sa place ? Nous pourrons témoigner en sa faveur, n'est-ce pas ? Je l'ai vu à l'œuvre sur un terrain de sport. En pleine action, le comportement des joueurs est révélateur. Le sien était celui d'un adolescent équilibré et loyal.

– David ne s'est pas laissé arrêter docilement, continua le directeur d'un air sombre. Après

s'être enfui, toujours en voiture, avec son petit frère, il a détruit trois véhicules et a renversé le motard qui voulait l'arrêter. Lui-même est sérieusement blessé. Thierry, lui, est indemne.

– Quelle tragédie ! s'exclama l'entraîneur. J'allais proposer au juge, avec votre appui, bien entendu, de le prendre avec moi à Miraval. Il aurait suivi des stages intensifs. Il a l'étoffe d'un grand footballeur, je m'y connais !

– Cette chance arrive trop tard, j'en ai peur, soupira Moreau.

Gio se leva et se pencha sur le directeur avec une colère contenue :

– Il reste toujours une chance tant que la partie n'est pas terminée.

– Hélas, on n'est pas sur un terrain de foot !

L'entraîneur empoigna les accoudoirs du fauteuil comme s'il voulait soulever son ami :

– Je ne sais pas ce que vous comptez faire, mais pour ma part, je n'ai pas l'intention d'abandonner ce garçon !

MIRAVAL
1:9

La fenêtre trilobée donnait sur un jardin soigneusement entretenu. Le bâtiment ressemblait à un monastère. Seule l'odeur de médicament prouvait qu'on était dans un hôpital.

David était étendu sur un lit, le visage aussi blanc que les draps. Il avait maigri, et la barbe qui lui mangeait les joues lui donnait des airs de vagabond. Ses deux jambes étaient plâtrées, ainsi que son bras gauche.

L'entrée de Gio lui arracha un pâle sourire :

– Pour le match de dimanche prochain, c'est râpé !

L'entraîneur saisit une chaise et s'installa à côté du lit.

– Miraval est premier, dit-il.

David eut un battement de paupières en signe d'assentiment :

– Normal !

Sa gorge serrée trahissait une violente émotion.

– Tout a changé depuis le fameux match contre Vareilles.

– Tout a changé, répéta le blessé avec amertume.

– J'ai parlé au chirurgien, dit Gio. Dans quelques mois, tu seras sur pied.

– Je ne suis pas tellement pressé de quitter l'hosto, marmonna David. Pour me retrouver à Tolbiac !

– Rien n'est encore décidé.

– Le flic s'en sort mieux que moi. Je ne voulais pas le heurter. C'était un accident. Mais ça ne change rien au verdict. Blesser un flic ! Je suis bon pour la taule. Remarquez, je ne regrette pas d'avoir fait tout ça pour le plaisir de casser la gueule de ce pourri !

– Thierry se plaît beaucoup dans sa nouvelle famille, dit Gio pour faire diversion.

Le visage du blessé s'illumina :

– C'est ce qu'il m'a dit. Il est venu me voir, dimanche dernier. Il est retourné à l'école. Il a de bonnes notes. Il a même eu un dix en géo.

L'adolescent ferma les yeux et sa voix s'assourdit :

– J'aurais aimé…

– Quoi donc ?

– Non, rien. Vous savez, pour moi, le foot, c'est cuit. Terminé avant d'avoir commencé. Ça résume ma vie.

– Ta vie n'a pas encore commencé.

– Vous trouvez ?

– Qui t'a raconté que tu ne jouerais plus au foot ?

– Le chirurgien.

– Ce n'est pas ce qu'il m'a dit.

– Après la rééducation, je remarcherai, mais je boiterai pour le restant de mes jours. Un peu gênant pour un champion !

Gio approuva avec gravité :

– J'ai connu ça.

– Vous ?

– Quand je jouais à Leeds, en Angleterre. C'était pendant un match de la coupe d'Europe, un stupide accident : double fracture du tibia et du péroné, avec des complications. Bref, j'ai eu droit à six interventions et huit mois d'hôpital. Ma carrière s'est terminée là. J'avais vingt-deux ans.

– Et merde ! murmura David.

– Tu vois, je n'en suis pas mort.

– Vous aviez sans doute autre chose dans la vie, lança l'adolescent avec rancune. Moi, je n'ai plus rien.

– Et si je te disais que tu peux encore intégrer l'équipe ? dit Gio avec douceur.

– Quelle équipe ? Miraval ? Vous charriez ?

– Je suis très sérieux. Hervé me quitte en juillet. J'ai besoin d'un assistant. Ta rééducation sera terminée. Tu m'aideras à former les nouveaux. Si le job t'intéresse…

– Avec ma patte folle ?

– J'y arrive bien avec la mienne.

– Vous oubliez un petit détail, ricana David. Après l'hosto, je vais directement en prison sans passer par la case départ !

– Et s'il y avait un nouveau départ, justement ? J'ai discuté avec le juge. Il est prêt à te donner une nouvelle chance sous ma responsabilité. Je ne te cache pas que ce sera difficile, mais je t'ai vu à l'œuvre : tu as du courage, de la volonté…

– Pourquoi vous faites ça ? demanda l'adolescent avec méfiance.

– Disons que j'ai une dette envers toi depuis que tu as pulvérisé Vareilles et donné sa chance à l'équipe.

David tourna la tête vers la fenêtre et murmura d'une voix sourde :

– Je n'ai pas besoin de pitié.

– Ne joue pas au martyr avec moi ! dit Gio avec sévérité. Tu n'es pas infirme et tu ne retourneras pas en maison d'éducation fermée à condition de faire un effort. Maintenant, si tu préfères haïr le monde entier et te torturer pour justifier ta révolte, libre à toi. J'aurai fait deux cents bornes pour rien !

Le blessé resta un long moment silencieux, les yeux fermés, replié sur lui-même. Puis il expliqua d'une voix étranglée :

– On n'a jamais rien fait pour moi.

– Il y a un début à tout.

– Et si j'échoue ?

– On aura au moins essayé.

– J'ai fait le con, pas vrai ?

– Le con, c'est le mot. Je l'ai fait aussi à ton âge. C'était à l'Estaque, un quartier de Marseille. J'ai frôlé la maison de correction comme on l'appelait à l'époque. Ce que tu éprouves, je l'ai ressenti. C'est la raison pour laquelle je suis ici, mais pas la seule. Le foot m'a aidé à surmonter les difficultés tout au long de ma vie. Il t'aidera, toi aussi.

– Si vous le dites…

– Tu prétends toujours être seul au monde ?

– Non, vous êtes là.

– Et ton petit frère ?

– Lui, il vaut mieux qu'il évite de me fréquenter. Je ne suis pas un exemple pour lui.

– Et c'est tout ?

– Qui d'autre ?

Gio sortit de la chambre sans un mot. David crut qu'il était parti sans un adieu. Il pensa avec amertume : « Lui aussi ! » Mais l'entraîneur ne tarda pas à revenir, et David écarquilla les yeux :

– Yseut ?

La jeune fille regardait le blessé avec un mélange de joie et d'inquiétude.

– Tu as souffert ? murmura-t-elle d'une voix blanche.

– D'être séparé de toi, oui.

Gio s'esquiva discrètement en dissimulant un sourire. Amener Yseut jusque-là avait exigé de lui plus d'efforts que de convaincre le juge et les gendarmes. Mais le résultat en valait la peine. Il y avait quelqu'un dans la vie de David.

MIRAVAL
2:0

Les derniers jours d'août étaient torrides. Dans le ciel sans nuage, le soleil semblait capable de cuire les pierres. Sur le chemin des collines, les pieds ne faisaient pas la différence entre la terre et la roche. Le joueur s'arrêta, grimaçant, hors d'haleine :

– Je suis rétamé !

Il était le quatrième à déclarer forfait. « Trop lourd ! » se dit David en détaillant le corps transpirant de l'adolescent. Ils couraient depuis un quart d'heure sur le « sentier des chèvres », comme l'avaient surnommé les cadets de Miraval.

– Un match de foot, c'est quatre-vingts minutes, fit remarquer David.

– On ne court pas tout le temps.

– S'il le faut ! Allez, encore cinq minutes et c'est la pause.

Le nouveau se remit en route. Il s'appelait Mars, comme le dieu de la guerre. Cependant, il n'avait rien d'un combattant. Miraval en comptait huit du même genre, inexpérimentés, douillets et timorés. Gio les avait tous admis en précisant : « Nous verrons à l'usage. » Il avait beau prétendre le contraire, à deux exceptions près, les nouveaux étaient loin de valoir les anciens.

Sept joueurs avaient quitté les cadets à la fin de la saison, après avoir dépassé la limite d'âge, seize ans : Salim, François, Ray, Gaël, Dany, Bruno et Alban. Gio en avait recruté quatorze, portant l'effectif à vingt-trois. « Hors de question de rencontrer les mêmes problèmes que la saison passée », avait-il dit.

Soit, mais David ne voyait pas onze joueurs de haut niveau parmi les vingt-trois candidats. La saison précédente, avec une équipe autrement douée, Miraval s'était fait éliminer au premier tour du national. Cette fois, inutile de rêver au championnat de France !

– Cinq minutes de repos, et retour au terrain, annonça-t-il.

Il s'assit sur une restanque au milieu des joueurs.

– Ça va, mec ? lui demanda l'Écossais.

– Super, dit-il, conscient de son sourire crispé.

Côté souffle, il n'y avait pas de problème, mais il souffrait toujours de son genou droit, celui dont la jambe était plus courte.

Quand il avait proposé de conduire la course, Gio avait hésité : « Ne force pas trop ! »

– Bon, allez, les infirmes ! gronda Marco.

Sans attendre les autres, il s'élança sur la pente de la colline. Avait-il lancé le mot pour humilier David ? On pouvait le supposer : il n'avait pas supporté de voir son rival accéder au poste d'assistant. Obéir à un garçon de son âge ? Même s'il s'était entendu avec lui, il aurait refusé, alors un garçon qu'il méprisait…

Dans l'esprit de Gio, il ne s'agissait pas d'autorité, mais d'émulation. Cependant, le regard malveillant que le défenseur posait sur l'ex-avant-centre, les rares fois où il semblait remarquer sa présence, disait qu'entre eux toute réconciliation était impossible.

– C'est vraiment un pauvre type ! grommela Kamel, assis à la droite de David.

Laurent montra son poing :

– Un de ces jours, je vais lui faire avaler ses dents !

Le jeune assistant regarda les deux recrues d'Arcadier en riant :

– Cool, les mecs. Je vous rappelle que vous

êtes censés donner l'exemple à la bleusaille.

Laurent rejeta sa crinière noire en arrière d'un geste nerveux :

– Justement, je vais leur montrer comment traiter les enflures de son espèce !

En voyant débarquer l'équipe, le premier réflexe de l'entraîneur fut d'examiner la jambe de David. Mais il le fit à distance et sans commentaire.

Il frappa aussitôt dans ses mains :

– Vous êtes échauffés ? Alors, en piste !

L'un des nouveaux se laissa tomber sur la pelouse en gémissant :

– Pitié !

– Notre premier match est dans trois semaines, gronda Gio. Les mollassons n'ont pas de place sur le terrain. Ou vous êtes prêts à vous battre ou vous regardez lutter les autres. C'est la règle.

D'abord, il testa les gardiens. Il en avait trois, dont Roger Müller, le remplaçant de la saison précédente. Succéder à Salim n'était pas donné à tout le monde. Julien Barrat était le plus vif, Gérard Caroly le plus solide, Roger le plus régulier. Aucun des trois ne lui convenait vraiment. Il aurait voulu engager Manuel Giordano. Mais celui-ci avait été transféré dans un centre du nord de la France.

– Roger, dos au terrain !

Durant l'exercice, David s'installa sur le banc de touche. Il notait sur un carnet les observations de l'entraîneur et y ajoutait les siennes. Il accomplissait son travail avec fierté. Puis, à l'heure du match, il regardait jouer les autres avec mélancolie. Ce jour-là, il se sentait plus triste encore : l'Écossais et Kamel s'entendaient à merveille. Quelques mois auparavant, c'était avec lui qu'opérait Kamel. Comment l'oublier ?

Lorsqu'il suppliait Gio de le laisser jouer, il obtenait toujours la même réponse : « Tu sais ce qu'a dit le chirurgien ? » Oui, il le savait : « Pas de sport violent pour le moment. » Mais sa rééducation était finie depuis deux mois. Il effectuait sans problème les exercices, il courait, il avait retrouvé sa rapidité. « Sois patient », conseillait l'entraîneur. David rongeait son frein. La patience n'était pas sa vertu principale. Cependant, comment désobéir à un homme auquel il devait tant : son poste d'assistant, une chambre en ville et un petit boulot à la SME ?

Soudain, sa tristesse s'évanouit : Yseut était là. Elle venait parfois, les mercredis après-midi. Ce jour-là, il ne l'attendait pas. C'était une surprise. Une très jolie surprise : avec ses longs cheveux blonds, sa peau dorée par le soleil, ses yeux bleus et sa silhouette fine, Yseut méritait son prénom légendaire.

Les joueurs, libérés par Gio, regardaient la fille sans dissimuler leur admiration.

– Elle est vraiment canon ! murmura l'Écossais.

– Tu l'as dit ! soupira Laurent.

Matthias, un nouveau, prit Marco à témoin :

– On se demande ce que cette bombe fait avec un boiteux !

Laurent chuchota avec un sourire sarcastique :

– Tu as du bol, tu sais.

– Du bol, pourquoi ça ?

– Parce que le boiteux n'a pas entendu ce que tu viens de dire. Sinon, tu serais assis là, avec une grosse bosse sur ta petite tête et des étoiles pleins les yeux !

Matthias fit jouer ses muscles :

– Je voudrais voir ça !

– Tu le verras, fais-moi confiance. Si David ne veut pas se salir les mains, c'est mon poing que tu vas recevoir.

– Et le mien ! gronda Kamel.

Gio avait surpris la querelle. Il s'interposa :

– Pas de violence ! Matthias va s'excuser gentiment.

– Moi ? se rebiffa le nouveau.

– Toi, oui. Si tu veux rester dans l'équipe.

Le nouveau baissa la tête d'un air têtu.

– Décide-toi ! gronda l'entraîneur.

Matthias haussa les épaules :

– Je retire ce que j'ai dit, OK ?

Le regard de Gio fit le tour des joueurs et se fixa sur Marco :

– David est mon ami. Ne vous avisez jamais de l'oublier.

David relut la liste des joueurs pour la quatrième fois. Après les onze titulaires venaient les noms des quatre remplaçants : Roger Müller, le gardien, Yvon Barsac, l'arrière, Yann Leon, le milieu de terrain, et David Kepel ! Il ne rêvait pas : David Kepel, avant-centre.

Ainsi, Gio tenait ses promesses. Toutes ses promesses. La veille, David avait appris que la SME lui confiait un poste. Finis, les petits boulots. Il entrait comme technicien au service des expéditions. Et comme un bonheur ne vient jamais seul, cinq mois après avoir cru dire adieu au football, il avait l'espoir de participer au deuxième match de la saison.

Pas très excitante, cette rencontre ! La pluie noyait la pelouse. Les joueurs s'embourbaient. Trets et Miraval multipliaient les maladresses devant un public indifférent. À la mi-temps, le score était toujours de 0 à 0.

– C'est vraiment nul ! soupira Yann.

Gio regarda le banc de touche. David se dit qu'il allait lui faire signe d'entrer sur le terrain. Mais l'entraîneur choisit Yann pour remplacer Pierre Labrune, dont les débuts n'étaient pas concluants.

À présent, Gio faisait de grands gestes au milieu d'un cercle de joueurs résignés. Depuis quelques instants, la pluie avait cessé. Le vent se levait, humide et froid. David resserra le col de son survêtement.

En deuxième mi-temps, le match parut s'animer. Quelques offensives se dessinèrent de part et d'autre. Puis le jeu s'enlisa de nouveau. Le ballon était lourd, le sol collant. L'Écossais seul se distinguait parmi vingt-deux fantômes bruns, qui se confondaient sur ce champ de boue. Ses sursauts échouaient faute d'appui.

David s'approcha de l'entraîneur :

– On patauge !

Gio fronça les sourcils comme s'il s'étonnait de le trouver là, derrière lui. L'adolescent faillit lui dire : « C'est moi, David. » Il se contenta de lui sourire :

– Ce n’est pas le moment, mais je voulais vous dire merci pour mon CDI.

L’entraîneur grommela :

– Trop repliés !

Son esprit était sur le terrain où la rencontre continuait toujours au même rythme, lent et monotone. « Je ne jouerai pas aujourd’hui », pensa David avec regret. Malgré l’humidité, il ne souffrait pas de sa jambe, et se sentait capable de tous les exploits.

Il restait huit minutes de jeu. Le score était toujours nul. Quelques spectateurs commençaient à quitter le stade, persuadés que les deux équipes épuisées allaient en rester là lorsque, à la suite d’une reprise manquée, McKenzie se mit à boiter. Gio se tourna vers David :

– À toi !

L’avant-centre se débarrassa en vitesse de son survêtement et commença à s’échauffer le long de la touche.

En gagnant le banc des remplaçants, l’Écossais lui frappa amicalement l’épaule :

– Comme à Vareilles, mec.

Après avoir montré ses semelles à l’arbitre de touche, David rejoignit ses coéquipiers. Kamel lui cria quelque chose qu’il n’entendit pas. Il espérait ce moment-là depuis si longtemps ! Maintenant, il se sentait fébrile en songeant à son dernier match et à ses quatre buts. Une voix intérieure lui répétait : « Ne rêve pas ! »

Sur une ouverture de Kamel, il tenta de s'élancer et se retrouva à terre. « Fichu terrain, une vraie patinoire ! » En se relevant, il crut entendre des rires. Pour un début…

Trets dégagea en touche. Marco remit en jeu sur Kamel, qui ouvrit sur l'aile droite. David monta rapidement. Il pénétrait dans la surface quand le centre de l'ailier arriva. Une balle haute, idéale. En plein élan, David frappa de la tête. Dans l'angle gauche, hors de portée du gardien. Un but de rêve.

Il s'écroula dans la boue sous le poids de ses coéquipiers. Il y resta une éternité. Les joueurs, épuisés, avaient du mal à se relever. David seul était bien vivant, bouillonnant d'énergie. Les autres se contentaient de cette victoire inespérée.

L'arbitre siffla la fin de la rencontre.

Immédiatement David aperçut Yseut. Elle n'était pas sûre de pouvoir venir, avait-elle dit. Pourtant, elle était là. Elle était toujours là quand il avait besoin d'elle. Elle agitait la main en riant, heureuse de son exploit. Puis elle lui montra un jeune garçon qui sautait et tournait sur lui-même.

– Thierry !

Elle était venue avec le petit frère de David. Thierry enlaça la jeune fille et se mit à valser avec de grands gestes maladroits. Leur folie faisait plaisir à voir. Gio était là, lui aussi. Il regardait la scène avec la satisfaction du devoir accompli. Il avait organisé la nouvelle existence de David en définissant le rôle de chacun, sans en avoir l'air, comme il préparait ses joueurs avant chaque match. Et maintenant, il savourait sa victoire.

David résista à l'envie de courir vers Thierry et Yseut pour danser avec eux. Il les regardait avec émotion. Grâce à eux, il se sentait libre, apaisé, confiant. Pour la première fois de sa vie, il avait l'impression de faire partie d'une famille.

Écris-nous !

Si tu as envie
de nous parler de ta passion
pour le foot,
si tu veux
nous poser des questions,
n'hésite pas à nous écrire !

Bayard Éditions
Série « Fooot ! »
18, rue Barbès
92128 Montrouge Cedex

Attention !

N'oublie pas d'écrire ton nom et
ton adresse si tu veux qu'on te réponde !

FOOOT!

1301. CHAMPIONS !
1302. CARTON ROUGE !
1303. HORS JEU
1304. FOOT SAMBA !
1305. CONTRE-ATTAQUE
1306. LES INDOMPTABLES
1307. REVANCHE
1308. FINALE D'ENFER !
1309. SOIF DE VICTOIRE
1310. DÉMON DU FOOT
1311. EN TÊTE !
1312. DÉFENSE REBELLE
1313. DOUBLE JEU
1314. LES BUTEURS
1315. ENJEU !
1316. COUP FRANC !
1317. KING GOAL !
1318. LE MAGICIEN
1319. RENCONTRE DE CHOC
1320. MATCH AU SOMMET
1321. COUP DE TÊTE
1322. ATTAQUE À HAUT RÉGIME
1323. DUELS AU SOLEIL
1324. MAUDITS MATCHS
1325. CONTRE-PIED
1326. ACTION !
1327. EXPULSION

Impression réalisée par

CPI
BRODARD & TAUPIN

La Flèche

en décembre 2010

Imprimé en France
N° d'impression : 61588